행복한
동행

세상을 향한 휴머니즘 가득한 시선

행복한
동행

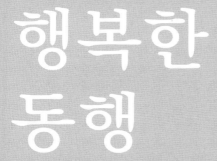

양금희

밥북
B·O·O·K

　모든 만남에는 인연이 존재합니다. 흐르는 강물이 강을 거슬러 오르지 않듯이 동서양을 막론하고 거스를 수 없는 자연의 법칙이 있습니다. '회자정리 생자필멸會者定離 生者必滅'이듯, 우리의 인연은 만나면 언젠가 헤어지게 되며 살아있는 것은 언젠가 죽음을 맞게 됩니다. 삶은 시간과 공간이 얽혀있는 오솔길을 걸어가는 것인지도 모릅니다. 환경에 따라 사람의 생각과 감성은 변화하는 것이 당연합니다. 그러므로 타인을 심판하고 판단하기보다는 이해하기 위하여 노력해야 하고 만남을 소중히 하며 상대방을 배려하고 존중하며 살아가야겠다는 생각을 다시 한번 해봅니다. 글을 쓰면서 이런 점을 중시하였습니다.

　개인과 사회, 그리고 국가와 세계에 대한 생각을 실타래를 풀어놓듯 글을 쓰며 지나온 시간은 삶의 소중한 행복이었습니다. 글을 쓰는 순간은 온전히 정신을 집중할 수 있는 나만의 행복한 시간이었으며, 한 걸음 더 나아가 나를 성장시키는 시간이었습니다. 또한, 글을 쓴다는 것은 나를 돌아보는 일이고 발전의 계기가 되었으며 새로운 지식을 쌓아가는 동기를 주었습니다. 그래서 끊임없이 공부해야 하는 압박감을 느끼기도 하였지만 참 행복하고 감사한 시간이었습니다.

사회집단의 구성원으로서 사람은 성장하면서 인간관계를 형성하고 사회의 일원이 됩니다.
비약적인 경제발전을 이룬 우리 국민은 비교적 풍요한 삶을 살고 있음에도 행복하다고 느끼지 못하고 있는 것으로 나타나고 있습니다. 지나친 경쟁 속에서 고단한 마음을 한순간이라도 따뜻하게 어루만져주는 글을 쓰고 싶었습니다. 수필집 『행복한 동행』을 통해 잠시라도 독자가 행복을 찾기를 소망해 봅니다.

수필집 『행복한 동행』은 제주우먼타임스(제주프레스로 제호 변경), 제주프레스(현 제주신문), 제주일보(현 뉴제주일보)에 써왔던 칼럼 및 시론을 엮어 펴낸 것이며, 책으로 출간하게 된 것을 매우 기쁘고, 감사하게 생각합니다.

그동안 글을 쓰는 데 아낌없는 조언과 질책으로 나를 더욱 성장시켜 준 분들과 지면에 발표할 기회를 준 언론사에도 감사를 표합니다.

주어진 것에 감사하며 작고 사소한 것에서 행복의 조건들을 찾는 노력을 더욱 해나가야겠다는 다짐도 해봅니다. 이 자리를 빌려 저와의 동행, 함께 해주신 분들께 깊이 감사드립니다.

걷는 걸음마다 행복한 동행과 함께하길 바라며 앞으로의 동행에 대한 기대감이 곧 다가올 봄처럼 설렙니다. 감사합니다.

2022년 2월에
양금자

제 2 부

제 3 부

제 4 부

제 1 부

지금 행복하냐고 묻는다면

비약적인 경제발전을 이룬 우리 국민들은 비교적 풍요한 삶을 살고 있음에도 행복하다고 느끼지 못하고 있는 것으로 나타나고 있다.

우리나라의 경제규모GDP는 2016년 기준 190여 개국 중 13위이다. 그런데도 2014~2016년 UN 세계행복보고서가 발표한 한국의 행복순위는 155개국 중 56위에 불과하다. 우리 국민들은 왜 행복하다고 느끼지 못하는 것일까? 지나친 경쟁심이 한 가지 원인일 것이다. 선호가치의 희소성으로 사회구성원 간의 경쟁은 불가피하다.

그렇지만 태어난 순간부터 끊임없이 되풀이되는 비교와 경쟁의 소용돌이 속에서 남보다 조금 느리거나 뒤처지게 되면 상대적 박탈감을 느끼지 않을 수 없다. 이런 상황에서 능력이 뛰어난 사람들에게 존중을 보내기보다는 경쟁자에 대한 시기와 질투가 자라게 된다. 우정보다는 갈등의 감정이 자라기 쉬운 사회에서 행복감을 찾기는 어려울 것이다.

인간은 정신적 육체적으로 안정되고 평화로움을 느낄 때 행복할 수 있지만 이런 경지에 도달하기는 쉽지 않을 것이다. 기원전 3~4세기에 활동하였던 철학자 에피쿠로스Epikouros는 쾌락을 고통이 없는 상태로 보았으며, 쾌락을 추구하다 보면 오히려 더 많은 고통을 얻게 되는 상황을 조장하여 행복할 수 없다면서 금욕적인 삶을 강조하였다. 맛있는 음식을 먹게 되었을 때와 같은 육체적 쾌락을 느끼는 순간과 뭔가 사회에 공헌을 하였다는 정신적 쾌락을 느끼는 순간에 사람은 행복을 느낄 것이다.

그러나 이런 시간이 오래 지속되지는 않는다. 에피쿠로스의 주장대로 우리의 인생 최대 목적은 행복이다. 성공·명예·권력·부富를 모두 얻을지라도 내 마음이 평화롭지 못하다면 행복하게 완성된 삶이라고 할 수 있을까. 우리가 행복하지 못한 이유 중 하나는 삶에 대한 불만족 때문이다. 일상의 사소함에서 행복을 발견할 수 있는 능력을 개발하고 자신만의 속도로 인생을 계획하고 삶을 즐길 줄 아는 여유가 필요하다. 자존감을 높이고 자신감을 심어주는 교육이 모자란 것은 아닐까? 경쟁사회에서 조화로움을 추구하는 눈을 뜨지 못한다면 행복지수는 올라가기 어려울 것이다.

우리나라 청소년들에게 행복을 위해 가장 필요하다고 생각하는 것은 무엇인지를 묻는 질문에 연령이 낮을수록 '화목한 가정'이라고 답했고, 연령이 올라갈수록 '돈'이라고 답했다는 조사결과가 있었다. 미국의 긍정심리학자인 마틴 셀리그먼은 "돈을 최고의 가치로 여기는 사람들은 자신의 소득과 삶 전반에 대해 큰 만족을 느끼지 못한다"고 말했다.

　물질적 풍요 못지않게 중요한 것이 정신적 풍요이다. 내가 행복하다는 스스로에 대한 인식이 중요하다는 것이다. 대한민국 국민의 1인당 국민소득이 2만 달러일 때 부탄의 1인당 국민소득은 1,200달러였음에도 대한민국 국민들보다 부탄 국민의 97%가 행복하다고 답했고 삶에 대한 만족도가 전 세계에서 1위를 기록했다는 사실은 우리에게 많은 시사점을 준다.

　우리나라 국민소득은 성장세를 지속하고 있지만 행복지수는 오히려 후퇴하고 있다. 행복의 조건은 까다롭거나 거창한 것이 아니다. 스스로의 노력을 통해 행복을 증가시킬 수 있다. 살아가면서 슬픔·불행·실패·이별·고통 등을 경험하지 않기란 거의 불가능하다. 이런 상황들을 슬기롭게 극복하면서 행복을 경험했던 사람들은 곤궁에서 벗어나는 회복력이 훨씬 빠르며 삶에 감사하는 것을 알고 있었다. 긍정적인 마음을 나눌 수 있는 친구를 찾게 된다면 행복지수는 올라갈 것이다. 철학자 에피쿠로스는 행복을 위해서 우정의 중요성을 특히 강조하고 있다.

우리의 내면에서 부정적인 마음의 빗장을 풀고 긍정적인 마음의 눈을 뜨게 된다면 일상에서 평범하고 소박한 행복을 더 많이 발견하게 되고 자신의 삶에 대한 만족도도 지금보다 훨씬 더 높아질 것이다. 때로는 마음의 높이를 낮추는 것이 자신을 행복하게 이끄는 지름길이 될 것이다.

대통합의 리더십이 필요하다

지금 대한민국에는 어떤 리더십이 필요한가? 과거 빈곤하고 낙후된 산업을 비약적으로 발전시키기 위해서는 국민들을 선도할 수 있는 결단의 리더십이 필요하였다. 그렇지만 현재 충분히 산업적으로 발전하고 다양한 의견들이 분출하는 인터넷 시대에 필요한 리더십은 통합의 리더십일 것이다. 반목과 갈등이 심했던 남아프리카를 안정시키고 발전의 기틀을 마련했던 넬슨 만델라의 리더십이 현재 우리 사회에서 무엇보다 절실하게 필요하다는 생각이 든다.

남아프리카는 1948년부터 1990년대까지 흑백 인종갈등으로 극심한 혼란을 겪었다. 넬슨 만델라는 1994년 4월 남아프리카 역사상 처음으로 흑백이 함께 치른 총선에서 승리하여 흑인 최초의 대통령에 당선된다. 만델라가 대통령에 당선되었을 때 백인들이 주도했던 아파르트헤이트_{인종분리정책}에 억압받던 시민들이 유혈사태를 일으킬 것이라는 우려가 커지고 있었다. 그러나 대통령에 당선된 만델라는 용서와 관용의 리더십을 펼쳐 흑백 갈등과 대립으로 극심한 혼란을 겪던 남아프리카의 갈등을 봉합하고 민주주의의 토대를 마련했다.

만델라는 1918년 남아프리카 음타타의 템부족 추장의 아들로 태어나서 흑인으로는 이례적으로 대학교육까지 받고 변호사를 지냈다. 아파르트헤이트 정부의 흑인 탄압과 인종차별 등의 현실을 목격하면서, 1944년 아프리카민족회의_{ANC}를 설립하여 아파르트헤이트 정권에 맞서 흑인인권운동을 시작한다. 그는 비폭력 노선을 고수하였으나 1960년에 발생한 '샤프빌 대학살'을 계기로 비폭력으로는 민주화를 이룰 수 없다는 판단에 따라 폭력 무장노선으로 전환하여 아파르트헤이트 정부의 인종차별 정책에 대항한다. '샤프빌 대학살' 사건은 인종분리정책에 반대하는 흑인들을 향해 백인 경찰이 무차별 사격을 가하면서 70여 명의 사상자가 발생한 사건이다. 만델라는 저항운동을 이어나가다가 1962년 경찰에 체포되어 2년여의 재판 끝에 종신형을 선고받고 27년의 옥고를 치르고, 1990년 석방된다.

만델라는 1994년 76세의 나이로 대통령에 취임하면서 "승리는 흑인이 아닌 남아공인 모두의 것"이고, "이제는 상처받은 사람들을 치료할

때이며, 우리를 분리한 틈새에 다리를 놓아야 할 시간"이라며 화합의
뜻을 밝힌다. 그가 대통령이 되면 아파르트헤이트 정부가 행한 인종차
별 정책에 대한 보복으로 유혈사태가 일어날 것이라는 우려와는 다르
게 용서와 관용으로 화합의 리더십을 보인 것이다. 만델라는 과거사 청
산을 위해 데스몬드 투투 주교를 위원장으로 '진실화해위원회TRC'를
구성하고, 세계적으로 찬사를 받은 과거사 청산의 모델을 제시하면서
세계적으로 존경받는 인물이라는 뜻의 '마디바Madiba' 칭호를 얻었으며,
과거사 청산에 기여한 데드몬드 투투 주교와 백인 정권의 마지막 대통
령인 FW 데 클레르크와 함께 노벨평화상을 수상했다.

남아공은 네덜란드계·포르투갈계·영국계·프랑스계 백인을 비롯하여
컬러드, 아시아계 등의 인종의 다양성과 더불어 11개 공식 언어와 다양
한 문화를 이루고 있기 때문에 무지개 나라라는 별칭을 갖고 있다. 넬
슨 만델라 대통령은 모든 인종이 공존하는 '무지개 나라Rainbow Nation'를
통해 민주주의의 꽃을 피우려는 이상을 제시했으며, 연임이 가능한데
도 불구하고 평화적인 정권이양을 하고, 퇴임 후에도 만델라재단을 설
립하여 사회공헌활동을 실천하며 국민들로부터 사랑과 존경을 받았다.

국민이 선택한 새로운 대한민국의 지도자가 촛불과 태극기로 분열되
었던 갈등을 봉합하고, 안보를 굳건히 하면서 대통합의 리더십을 발휘
하기를 바란다. 더불어 아름다운 무지개처럼 성숙한 민주주의의 꽃을

활짝 피워 국민들의 사랑과 존경을 받았던 넬슨 만델라처럼 대한민국의 지도자들도 퇴임 후에 더 이상 불행이 반복되지 않고 존경받고 사랑받는 지도자로 기억되기를 두 손 모아 염원해본다.

달 밝은 밤에 그대는 무슨 생각하나요?

　한가위의 달만큼 풍성한 느낌을 주는 것도 찾아보기 힘들 것이다. 추석이 다가오면서 사람들의 마음에 정감이 가득하고 풍요로움이 넘치기를 기원한다. 사랑하는 사람은 마음이 풍요로우며 따뜻할 것이다. 이 가을에는 사랑을 줄 수 있는 사람, 남이 나를 보듬어 주길 바라기보다는 남을 이해해 줄 수 있는 사람, 남의 손을 따뜻하게 잡아줄 수 있는 사람이 되고 싶다. 그리고 무엇보다도 소슬한 가을바람에 눈물을 글썽거리는 풍부한 사춘기 소녀 시절의 감성을 살리고 싶다.

　우연히 찾아오는 감성적인 사랑이라도 좋다. 사랑하는 사람은 행복하다. 누군가를 사랑하는 사람은 달 밝은 밤에, 사랑하는 그 사람이 달을 보며 무슨 생각을 하는지 궁금할 것이다.

이재운 작가는 1995년 조선일보에 '청사홍사'이란 칼럼을 연재하면서 조선 시대 황진이黃眞伊와 소세양蘇世讓의 사랑을 표현하기 위하여 고심하고 있었다. 마침 당시에 유행하던 가수 이선희의 '알고 싶어요'가 절묘하게 남녀 간의 연정을 잘 표현하고 있다고 생각하여 양인자 작사가의 양해를 구한 후에 칠언율시로 바꾸어서 소개하였다.

소요월야사하사 蕭蓼月夜思何事 소슬한 달밤이면 무슨 생각을 하시는지

침소전전몽사양 寢宵轉轉夢似樣 뒤척이는 잠자리는 꿈인 듯 생시인 듯하니

문군유시녹망언 問君有時錄忘言 님이여 제가 드리는 말도 적어 보나요

차세연분과신량 此世緣分果信良 이승에서 맺은 연분 믿어도 좋은지요

유유억군의미진 悠悠憶君疑未盡 멀리 계신 님 생각 끝없어도 모자란 듯

일일념아기허량 日日念我幾許量 하루 하루 이 내 몸을 그리워하나요

망중요고번혹희 忙中要顧煩或喜 바쁜 중에도 자꾸 생각나는 것은 괴로움일까 즐거움일까

훤훤여작정여상 喧喧如雀情如常 참새처럼 지저귀어도 여전히 정겹게 들리나요

소세양은 1509년 중종 4년 과거에 급제한 문관文官으로 벼슬이 대제학까지 이른 뛰어난 인물이다. 황진이가 여성이면서도 호쾌한 남성적 문장이었다면 소세양은 여성처럼 문장이 섬세하고 아름다웠다.

사랑은 그저 우연히 찾아오는 것이 아니라 끊임없는 노력 끝에 얻을 수 있는 것이다. 에리히 젤리히만 프롬Erich Seligmann Fromm은 "우연히 찾아

오는 사랑은 진정한 사랑이 아니며 진정한 사랑은 노력하고 기술을 갈고 닦아야 한다"고 주장한다. 줄 수 없는 사람은 사랑을 할 수 없다고 한다. 진정한 사랑은 관심과 책임, 지식과 존중이 필요하다. 누군가를 사랑하게 되면 그 사람의 인생과 이루려고 하는 꿈과 그 과정에 관심을 가지게 되는 것이다.

그 사람의 성장과정에서 필요한 것에 대하여 도움을 주려고 반응하는 것이 책임이다. 그러기 위하여 전인적인 이해와 상대방을 있는 그대로 수용하려는 노력이 진행된다. 이것이 상대방에 대한 지식이다. 그래서 진정으로 상대방을 있는 그대로 보게 되고 존중하게 될 때 사랑한다고 할 수 있을 것이다. 단순하게 말하자면 사랑은 받는 것이 아니라 주는 것이다. 사랑하는 사람에 대한 관심과 책임, 그리고 지식과 존중을 주는 것이다.

제주에서도 1인 가구가 점점 늘어나고 있는 상황이다. 다가오는 추석에는 홀로 있는 많은 사람들이 사랑의 의미를 되새기며 에리히 프롬의 『사랑의 기술 Art of Loving 』을 일독하기를 권한다. 사랑은 한 사람만 사랑해야만 하는 것이 아니라 세계 전체와의 관계를 결정하는 태도, 곧 성격의 방향이다. 어떤 사람이 다른 한 사람만 사랑하고 나머지에 무관심하다면 그것은 단지 이기주의가 확대된 것일 뿐이다. 다른 사람들에게 무언가를 주면서 나의 힘, 나의 부, 나의 능력을 경험하게 되는 것이다. 힘·부·능력이 넘쳐나서 주는 것이 아니라 주기 시작할 때 이런 것들이 나에게 있다는 자각이 일어나게 되는 것이다. 그렇게 사랑이 시작되기를 빈다.

우리는 무엇으로 살고 있는가

지난여름 긴 장마와 연이은 태풍이 남긴 상처에도 불구하고 가을이 왔다.

밤이 되면 풀숲에 사는 온갖 풀벌레들이 자연합창단을 구성했는지 아름다운 하모니를 들려주었다. 가을 숲에 깃들어 사는 곤충과 새들은 어떤 것에도 구애받지 않고 자유롭게 노래하고 날갯짓하며 풍요와 결실을 만끽하고 있는 것 같았다. 자연을 터전으로 사는 동식물들은 자연에 순응하며 살고 있는데 우리는 어떻게 살고 있을까. 코로나 19로 일상생활 속 사회적 거리 두기로 사람과의 교류나 야외 활동이 자유롭지 못한 요즘 톨스토이가 쓴 『사람은 무엇으로 사는가』를 다시 생각해 본다.

『사람은 무엇으로 사는가』의 내용은 이렇다.

가난한 구두 수선공이 구두를 만들 가죽을 사고 돌아오는 길에 예배당 벽에 벌거벗은 채 웅크리고 있는 한 젊은이를 발견하게 된다. 구두 수선공은 측은지심에 자기가 입은 외투를 벗어 젊은이에게 입혀주고 집으로 데리고 와서 구두 수선하는 법을 가르치며 같이 지낸다. 젊은 이는 하느님이 지시한 명령을 어긴 벌로 인간 세상에 버려진 천사였다. 하느님은 명령을 어긴 천사에게 인간 세상에서 세 가지 깨달음을 얻을 때까지 천사 본연의 모습으로 돌아올 수 없도록 벌을 내린 것이다.

천사가 찾아야 할 세 가지 깨달음은 '사람의 마음속에 있는 것은 무엇이며 사람에게 주어지지 않는 것은 또 무엇이며 사람은 무엇으로 사는가'였다.

천사는 추위에 떨고 있던 자신을 불쌍히 여기고 거두어준 구두 수선공에게서 '사랑'을 발견한다.

어떤 부자가 구두를 맞추러 와서는 일 년을 신어도 닳거나 모양이 변하지 않는 튼튼한 구두를 만들어 달라고 억지를 부린다. 이 부자는 신발을 주문한 그 날 죽는다. 천사는 이것을 보면서 사람에게 주어지지 않는 것은 자신의 운명을 알지 못한다는 것을 깨닫는다.

나머지 '사람은 무엇으로 사는가?'에 대한 답은 몇 년이 지나서야 깨닫는다. 아기를 낳다가 죽은 아이 엄마를 대신해 이웃이 아이들을 거둬 사랑으로 보살펴 잘 키우는 것을 보고는 사람은 '사랑'으로 사는 존재임을 깨닫는다.

인간 세상에서 세 가지 깨달음을 얻는 순간 천사는 하느님으로부터 용서받고 천사로 복귀한다. 그런 사랑으로 사는 인간 세상에 살고 있지만 인간은 종종 사회적 고립감을 느끼면서 세상으로부터 소외된 것은 아닌지 불안해한다. 행복은 자신이 만들어가는 것이고 우리 손이 닿는 가까이에 있다는 것을 알면서도 말이다.

'코로나 19' 감염증 확산이 장기화하면서 사회 활동이 위축되고 비대면이 일상화돼 사회적 고립감도 커지고 있다. 사회적 고립에 따른 심리적 불안함과 우울감이 커지면서 '코로나 블루'를 겪는 사람들도 증가하고 있다고 한다. 코로나 19와 우울하다 blue 는 뜻의 합성어인 '코로나 블루'는 코로나 장기화로 인한 부정적인 감정과 육체적인 불편함을 호소하는 사람들이 많아졌다는 뜻이다.

사회적 고립감을 극복하기 위해서는 부정적인 생각을 이겨내고 정신 건강을 위하여 몸과 마음을 돌보는 일이 필요하다고 전문가는 조언한다. 또 사회적 관계를 이어가기 위해 지인들과 전화나 메일 등을 통해 지속적인 소통을 이어가는 것이 필요하고 실내에서 혼자 할 수 있는 노래나 운동 등을 통해 즐거운 활동을 하는 것도 좋다고 한다.

사는 동안 우리는 끊임없이 무엇인가를 추구한다. "인간은 고통을 극복해 내는 과정을 통해 깨달음을 얻고 삶의 존재 이유를 찾는다"고 한

에리히 프롬은 『자유로부터의 도피』에서 "항구적인 불안을 겪는 인간은 절대적인 과학과 진리를 추구하고 완전한 존재인 신에 의지한다. 하지만 이런 영속적인 불완전이 있어 죽는 순간까지 각자의 방식으로 구원을 찾아 헤맨다. 그래서 인간은 아름다운 것이 아닐까?"라고 했다. 이처럼 우리는 불완전하며 사랑이 필요한 존재로 한평생 살다가 죽는 것이다.

제주가 멋진 여행지가 되기 위해서는

여행은 사람을 현명하게 한다. 바쁘고 지친 일상에서 벗어난 여행은 사람들에게 새로운 활력과 새로운 시각을 열어준다. 낯선 환경에서 새로운 체험을 하게 되면 으레 관조하듯 지나온 삶을 되돌아보기 때문일 것이다. 일상에서 가려져 있던 평범한 인간관계에서 특별함이나 감사할 이유들을 새롭게 발견하는 경우도 있다. 여행을 하면서 마음속으로 가족들에게 감사한다거나 사랑한다고 말하고 있을 것이다. 이런 과정을 통하여 여행은 인간의 정신을 고양시킨다. 여행은 긍정적인 에너지를 재충전시키면서 새로운 사고를 하도록 도움을 주는 것이다.

삶의 여정에서 좀 더 발전된 방향으로 나아가기 위해 인생의 닻을 정비하는 여행의 필요성이 증가하고 있다. 여행을 선호하는 것은 세계적인 흐름이다. 경기 침체 속에서도 여행 산업분야는 안정적인 성장세를 이어가고 있다. 유엔세계관광기구가 발표한 2016년 전 세계 해외 여행객 수는 약 12억3500만 명으로 전년 대비 약 3.9% 증가했다. 문화체육관광부가 발표한 2017년 세계경제포럼 관광경쟁력 평가에서 대한민국은 136개 평가대상 국가 중 19위를 차지했다. 2015년보다 10단계 상승했다.

한국은 세계경제포럼이 관광경쟁력평가를 시작한 2007년 이후 꾸준히 상승세를 이어가고 있다. 2015년과 동일하게 평가순위 세계 3위권에 이름을 올린 나라는 스페인, 프랑스, 독일이다. 이들 국가는 잘 보존된 전통적인 건물과 여행 프로그램이 다채롭다는 특징이 있다.

일본은 지진과 화산 폭발, 쓰나미 등의 자연재해를 비롯하여 원전사고 발생 등의 위험요소가 많지만 흥미롭게도 4위에 이름을 올렸다. 자연재해가 많은 국가임에도 불구하고 일본이 관광객들을 끄는 매력은 무엇일까?

얼마 전 일본 나고야 지역을 여행하면서 느낀 점은 관광서비스를 위해 정부나 지자체 차원에서 매우 공을 들이고 있다는 것이다. 식당이나 호텔, 관광지 어디나 친절함이 몸에 밴 일본 관광종사자들의 모습을 볼 수 있다. 이들의 친절함은 관광객들에게 우호적인 감정을 갖게 한다. 감동을 구현하고 여행객의 눈높이에 맞는 고품질 서비스를 통해 일본은 세계인이 찾고 싶은 나라 4위에 이름을 당당하게 올려놓은 것이다.

 일본의 관광종사자들은 수많은 관광객들과 마주하면서도 미소 띤 얼굴로 친절을 베푸는 데 주저하지 않는다. 여행객들의 눈높이에 맞는 고품질 서비스를 통해 재방문으로 이어지게 하는 동력을 생산하고 있는 것이다. 일본은 관광지의 기념품 판매장, 지역특산물 판매 코너마다 여행객들을 위한 시식 코너를 마련해 두고 있다. 또한 내용물을 직접 확인할 수 있도록 견본품도 진열해 두고 있다. 품질에 대한 자신감이 느껴지는 대목이다.

 또한 정찰 가격표시제는 받을 만큼만 받겠다는 신뢰감을 형성하게 한다. 바가지요금은 관광객들의 기분을 상하게 하기 때문에 근절되어야 한다. 바가지요금은 신뢰를 무너뜨리고 관광 경쟁력을 떨어뜨리게 하는 치명적인 요소이다.

 여행객들은 저마다의 특색으로 맞이하는 여행지에서 눈으로 보고, 체험하고, 즐기고, 맛보는 관광과 더불어 서비스에 대한 감동을 받아야만 그 감동을 전달하는 홍보대사 역할을 주저 없이 하게 된다. 호기심에 한 번 방문해보고 질 낮은 서비스에 실망하여 재방문하고 싶지 않은 여행지로 전락하지 않으려면 서비스의 고품질화와 더불어 신뢰가 먼저 구축되어야 할 것이다.

한 소셜커머스 업체가 6~8월 출발 여행상품 판매 현황을 조사한 결과 제주가 인기 국내 여행지 1위에 선정됐다. 제주가 더 멋진 여행지가 되기 위해서는 어떻게 해야 할까? 단순한 이야기지만 제주 사람들 모두 서비스 홍보대사가 되어 친절을 실천해야 할 것이다. 또한 제주만의 아름다움을 찾아 제주관광의 매력을 극대화하고 선진관광문화를 제주에 정착시켜 차원이 다른 제주도만의 국제 관광 도시로의 역량 강화를 위한 도민들의 지혜를 모아야 할 것이다.

교육정책은 예측 가능하고 일관성이 있어야

　백년대계인 교육정책에서 일관성과 예측가능성은 필수적인 요소일 것이다. 최근 교육계의 뜨거운 감자로 떠오른 외고·자사고 폐지, 수능 전 영역 절대평가 전환, 수능·EBS 연계 정책 폐지 여부 등 교육정책의 향방을 주시하며 해당 학부모와 학생들이 가슴을 졸이고 있다. 이러한 정책변화 방향을 두고 교육계 내부의 찬반 갈등도 심화되고 있는 것으로 보인다. 정권이 바뀔 때마다 정치적 논리가 개입되어 교육정책 방향이 흔들려서는 안 될 것이다. 애꿎은 학생들과 학부모들만 고생을 대물림하게 되기 때문이다.

　경제협력개발기구_{OECD}가 실시한 국제학업성취도 평가에서 한국 학생들은 상위권 평가를 받고 있다. 하지만 프랑스 신문 '르몽드'는 한국의 교육시스템에 대해 비판적이다. 학업 성취도는 우수하지만 한국 학생들의 학교생활은 가장 어렵고 고통스러우며 경쟁이 심하다고 평가했다. 치열한 경쟁사회로 내몰려 남보다는 뛰어나야 하고 최고여야만 한다는 강박관념에서 바른 인성을 갖추기는 어렵다는 것이다.

학생들이 장래의 희망을 꿈꾸는 대신에 남과의 경쟁에서 이겨야만 한다는 압박감으로 시달리고 있다는 것을 생각하면 가슴이 아프다. 바른 인성을 갖춘 사회의 유능한 구성원으로 성장시키기 위해서는 어떻게 해야 할까? 그러기 위해서는 먼저 아이들의 자존감을 높이는 교육이 이루어져야 한다. 교육을 통해 학생들이 서로 존중하고 협력하며 배려하는 사회 구성원이 될 수 있도록 삶에 대한 만족도를 높이고 서로 배려하는 사회로 발전시켜야 한다.

경제협력개발기구 국제학업성취도 평가에서 상위권을 차지하고 있는 핀란드의 교육방식은 '경쟁'보다는 '협력'을 강조한다. 핀란드의 교육방식에는 인성교육이 지적교육보다 더 중요하다는 철학이 밑바탕에 깔려 있다. 핀란드는 정권이 바뀌어도 일관성 있게 교육정책이 지속적으로 유지된다. 핀란드 9년제 종합학교의 교육이념은 한 명의 낙오자도 만들지 않는 것이 목표다.

플라톤의 동굴 비유는 현실을 넘어 진실을 보도록 가르치고 있다. 동굴의 비유에서 플라톤은 죄수들이 동굴 벽면을 향해서 쇠사슬에 묶여 있다고 가정한다. 이 죄수들은 쇠사슬에 묶여 있어 뒤를 돌아볼 수 없다. 그렇기 때문에 벽에 비친 그림자라는 경직된 사고에서 벗어나기 어렵다. 이들은 동굴 벽에 비치는 희미한 그림자의 형상을 통하여 진리를 이해하려고 한다. 어느 날 사슬을 끊고 동굴을 벗어나서 그림자의 실체인 이데아를 보게 된다. 동굴을 벗어나서야 비로소 진리가 보이는 것이다. 동굴 속으로 들어오는 빛이 만들어내는 진리의 그림자만 보면서 평생을 살아온 죄수의 눈에 비친 세상은 완전히 다른 모습일 것이다.

교육은 동굴 속에서 비친 그림자를 통해 보던 세상에서 벗어나 진리의 실체를 볼 수 있도록 인도 하는 것이다. 이를 통해 스스로 삶을 개척하고 역경에 지혜롭게 대처해 나갈 수 있는 능력을 길러주는 것이다. 이를 바탕으로 끊임없는 자기계발을 통해 사회에서 저마다 중요한 역할을 수행하게 되는 것이다.

경영학자인 피터 드러커는 "우리가 이용할 수 있는 자원 중에서 끊임없이 성장과 발전을 기대할 수 있는 유일한 것은 인간의 능력뿐"이라고 했다. 교육은 사회의 정치·경제·문화의 한 구성원으로서 목소리를 낼 수 있는 성장 에너지·능력 에너지를 불어넣어 주는 것이다. 아이들의 다양성이 존중되는 교육을 통해 청소년들에게 기회가 평등하게 보장되는 사회적 분위기가 조성되어야 한다.

서울지역 '자사고 학부모 연합'은 최근 기자회견에서 "정권이 바뀔 때마다 교육은 정치적 논리에 힘없이 당하고 있다"고 지적했다. 정권이 바뀔 때마다 정치적 논리가 개입되어 방향이 바뀌는 교육정책은 이제 멈춰야 한다. 정치논리에서 벗어나 우리 아이들에게 희망과 행복을 주는 교육, 미래를 향해 힘차게 나아갈 수 있는 일관성 있고 흔들림 없는 백년대계의 교육정책을 마련할 때다.

여성의 사회적 역할 확대되어야

오늘날 여성들이 다양한 분야에 진출하여 활동을 하고 있지만 아직 모자란 감이 있다.

전통적으로 남성 중심 사회였던 우리나라의 사회구조에서 여성들의 사회활동에는 많은 제약이 따랐다. 100여 년 전만 해도 남성들이 정치·경제 등 사회 전반적으로 비중 있는 부문을 담당할 때 여성들의 역할은 가정이라는 울타리에 국한되었다. 어쩌다 여성들에게 지위를 향상시킬 수 있는 기회가 주어져도 남성들에 비해 턱없이 지위가 낮거나 남성의 보조 역할이 주어졌을 뿐이다. 여성들이 사회생활을 영위하기 위해서는 가정생활에 충실해야 한다는 전제조건이 수반되었다.

세계경제포럼WEF은 2006년부터 '글로벌 성性 격차 보고서Global Gender

Gap Report'를 발표하고 있다. 성 격차 지수는 여성의 경제참여와 기회, 교육 성취도, 건강과 생존, 정치 권한 부여 4가지 분야로 구분하여 국가별로 남녀성별 격차를 측정한다.

'세계 성 격차 보고서 2016 Global Gender Gap Report 2016'에 의하면 한국의 성 격차 지수는 전 세계 조사 대상 144개국 중 116위로 하위권에 머물고 있다. 한국의 남녀 임금 격차도 큰 편이다. 이는 아직도 한국사회의 성별 격차가 크며 여성의 지위를 상승시켜야 한다는 것을 방증 傍證하고 있는 것이다.

사회적 지위 향상을 위한 기회 접근이 상대적으로 남성에게 매우 유리하게 적용되었음에 불구하고 이 시대를 사는 여성들은 지위를 향상시키고 있다. 부드러움과 강인한 인내심을 바탕으로 당당하게 사회에서 중추역할을 해내고 있는 성공한 여성들에게 아낌없는 존경과 경의를 보낸다. "역사란 현재와 과거 사이의 끊임없는 대화"라는 에드워드 카 Edward Hallett Carr의 말을 되새기면서 과거 여성과 현재 여성 사이의 대화를 상상해 본다. 과거의 여성이 현대의 여성에게 세계사는 여성 지위 향상의 기록이라고 할지도 모른다. 소위 선진국치고 성의 격차가 큰 나라는 없다. 선진화될수록 여성들은 더 존중받고 사회적 역할은 평등하다.

과거 남성의 전유물로 여겨지던 스포츠 분야에서의 여성의 활동이나 참가는 극히 제한적이어서 근대올림픽에서 여성은 메달을 나르거나 승리한 남성을 위해 환호하는 정도였다.

여성들이 처음으로 일부 스포츠 종목에 출전할 기회가 주어진 것은 1900년 파리에서 개최된 제2회 올림픽이었고 모든 종목에서 남녀 선수 출전의 기회가 주어진 것은 2012년 제30회 런던올림픽이다.

모든 사람은 평등하게 태어났다는 민주주의 문화가 자리 잡으면서 여성에 대한 가정과 사회에서의 차별이 거의 사라지고 있다. 또 가족 간에도 존중과 배려가 증진되면서 여성의 사회진출에도 긍정적인 영향을 미치고 있다. 여성이라는 이유로 사회적 불평등을 겪어야 했던 과거의 제약을 뛰어넘어 다양한 분야의 주역으로서 괄목할만한 여권 신장의 역사를 써 나가고 있는 것은 역경에 굴하지 않고 자신이 가진 능력을 개발하고 고난을 극복하려는 의지를 관철시켜온 강인함과 피땀 어린 노력의 결과일 것이다.

남녀노소를 불문하고 중국인들이 좋아하는 무술 태극권의 특징은 음양陰陽의 조화를 바탕으로 부드러움으로 강함을 제압한다는 유능제강 柔能制剛이다. 남녀의 조화와 평등사상이 담겨 있어 대중으로부터 꾸준히 사랑받고 있다.

함께 더불어 사는 사회에서 여성과 남성이 아닌 같은 인간으로서의 조화로운 삶을 위해서는 여성 스스로도 실력을 갖추고 공정한 경쟁을 거쳐 능력을 인정받을 수 있어야 한다.

행복한 동행

사회구성원으로서 여성이 능력을 발휘할 때 이를 존중하고 인정하는 성숙한 사회 인식도 매우 중요하다고 할 수 있다. 일과 가정의 조화를 위한 균형자로서 당당하게 능력을 발휘하는 여성들에게 박수와 찬사를 보낸다.

동등한 사회의 구성원으로서 여성들의 사회 참여 기회가 더욱더 확대되어 우수한 재능이 낭비되는 일이 없고 건전하고 성숙한 사회 발전의 원동력이 활짝 열리길 기대해 본다.

좋은 인상과 인품

　누구든지 사람을 만나서 5초면 상대방에 대한 인상이 마음속에 새겨진다고 한다. 짧은 시간에 상대에 대해 강하게 긍정 또는 부정적인 이미지로 첫인상은 각인되는 것이다. 이것이 첫인상 5초의 법칙이다. 첫인상은 이미지가 쉽게 바뀌지 않고 오래 가기 때문에 잘못된 인식을 바꾸기 위해서는 엄청난 노력이 필요하게 되는 것이다. 따라서 첫인상은 매우 중요하다.

　첫인상이 호감이냐 비호감이냐를 결정짓게 하는 요인은 외모, 옷맵시, 자세, 머리 모양, 말씨 등 여러 가지 요인이 있을 것이다. 하지만 짧은 순간에 첫인상을 좋게 하는 중요한 요인은 밝고 환한 얼굴 표정일 것이다. 웃는 얼굴은 상대방에게 긍정적인 사람이라는 인식을 준다. 웃는 얼굴은 마음을 밝게 비추는 햇살과 같다. 행복한 얼굴은 보는 사람의 마음도 함께 행복하게 만든다. 반대로 우울한 얼굴 표정은 보는 사람까지도 우울하게 만든다.

"나이가 사십이 지나면 자기 얼굴에 책임을 져야 한다"는 링컨의 주장에 많은 사람들이 공감할 것이다. 링컨은 불우한 환경에서 자랐고 아름다운 외모를 가진 것도 아니었다. 그는 부단하게 자신을 갈고 닦아서 훌륭한 인품을 가꾼 사람이다. 그를 위대한 사람으로 만든 것은 고통을 극복하는 강한 의지였을 것이다. 사람들은 밝고 긍정적인 상태로 태어난다고 본다. 아기의 얼굴 표정은 표현이 풍부하고 다양하지만 공통적으로 밝은 표정이다. 하지만 거리를 지나가는 사람들의 얼굴 표정을 보면 대부분 무표정하거나 우울해 보인다. 대부분의 사람들은 불행한 것일까? 아마도 세사의 풍파가 사람들을 우울하게 하고 있을 것이다.

사형수의 초상화에 대한 일화가 있다. 전문적으로 초상화를 그리는 화가가 3일 후면 사형이 집행될 사형수의 초상을 그리기 위해 감옥을 방문했다. 험악한 인상의 사형수는 화가에게 화를 내며 왜 자기 얼굴을 그리려고 하느냐고 물었다. 화가는 지금까지 순수하고 예쁜 아이의 얼굴을 많이 그려봤기 때문에 그 반대인 얼굴을 그려보고 싶어서 왔다고 말했다. 그리고는 사형수에게 순수하고 해맑게 빛나는 아이의 얼굴 그림을 보여줬다. 그러자 사형수가 통곡하기 시작했다. 화가가 사형수에게 통곡하는 까닭을 물었다. 그러자 사형수는 그림 속 맑고 순수했던 아이가 자신이라고 말했다. 그러면서 자신을 돌보지 않고 불량한 친구들과 어울려 악한 행동을 하다 보니 세상 사람들이 증오하는 사람이 되고 말았고, 사형 집행을 기다리는 비참한 신세가 됐다고 한탄했다.

어떻게 살아가는가 하는 것은 마음가짐에 있다. 괴롭고 힘든 일이 있어도 긍정의 힘으로 이겨냈을 때 밝은 표정을 지을 수 있을 것이다. 얼굴 표정에 대한 관리의 책임은 자신에게 있다. 얼굴에는 그동안 살아온 그 사람의 이력이 고스란히 들어 있기 때문이다. 때로, 얼굴 표정이 그 사람의 운명을 결정짓기도 한다.

캄보디아 앙코르 유적지 중 하나인 바이욘 Bayon 사원에는 '앙코르의 미소'로 불리는 조각상이 있다. 얼굴에 자애로운 미소를 띤 조각상은 관광객들에게 인기가 있으며 유명세를 타고 있다. 돌에 새겨진 조각상임에도 불구하고 미소 짓는 얼굴은 세계인들의 호감을 불러일으키는 매력을 갖고 있다.

올해 하반기부터 공공부문에 블라인드 채용이 의무화된다. 블라인드 채용은 입사 지원서에 직무와 상관없는 출신지, 가족관계, 신체조건, 학력 등을 기재하지 않아도 되는 것이다. 편견이 개입될 소지를 없애고 실력으로 공정한 평가를 받게 하자는 취지에서 추진되는 것이다.

행복한 동행

자신의 실력을 더욱 빛나게 하는 호감 가는 표정 관리가 더 필요해진
것이다.

　해바라기처럼 웃는 얼굴, 봉선화처럼 수줍은 얼굴, 무표정하고 불만
에 가득 찬 얼굴 등의 다양한 표정의 군상들이 꽃길 혹은, 가시밭길이
라는 인생의 경로를 걸어간다. 지금 내 얼굴 표정은 어려움을 극복하는
당당한 모습인가, 아니면 나쁜 환경에 굴복한 비탄의 표정인가, 거울 앞
에 서서 자신의 현재 모습을 확인해 볼 일이다.

테러대응구조대 설치 필요하다

　지구촌을 위협하는 테러리즘이 정치집단만이 아니라 개인에게까지 확산되고 있다. 제주는 테러에서 비교적 안전한 지역이지만 만일의 사태에 철저히 대비하여야 할 것이다.

　최근 발생한 미국 라스베이거스 총격 사건은 한 개인이 정치적 신념을 갖고 저지르는 치밀한 범죄행위가 무고한 시민을 얼마나 많이 살상하고 위험에 빠뜨릴 수 있는지 말해주고 있다.

　스티븐 패덕은 지난 1일 네바다 주 라스베이거스 번화가에 있는 호텔 32층 객실에서 길 건너편에서 뮤직 페스티벌을 즐기던 수만 명을 향해 무차별 총격을 가했다. 수십 명이 죽었고 수백여 명이 부상당했다. 스티븐 패덕이 개인적인 범죄를 저지른 것인지 아니면 어떤 정치적 신념을 갖고 테러를 행한 것인지는 아직 밝혀지지 않고 있다. 그러나 미국 역사상 최악의 총기 난사로 기록된 이 사건은 전 세계인들에게 테러에 대한 공포와 경각심을 일깨웠다.

테러리즘 Terrorism 은 정치, 종교, 사상적 목적을 쟁취하기 위해 폭력수 단을 사용하여 비무장의 개인, 단체, 국가를 상대로 사망 혹은 부상을 입히거나 공포심을 불러일으켜 어떤 행동을 강요하는 행위를 말한다.

일반적으로 테러는 힘이 약한 개인이나 집단이 자행하는 것으로 보 는 시각이 우세하다. 강력한 힘을 가진 국가라면 전쟁을 통해 상대를 제압할 수 있기 때문이다. 고대 정복자들은 공포의 과시를 통해 복종 을 강요하고 통치의 극대화를 위해 테러라는 폭력행위를 수단으로 사 용했다.

현대의 테러리스트들은 그들의 목적을 달성시키기 위하여 국제적으 로 상징성이 큰 목표물이나 인구밀집지역을 타격하여 짧은 시간 안에 전 세계인들의 이목을 집중시키고 공포를 극대화하고 있다. 대표적인 사례가 미국 본토가 역사상 처음으로 공격을 당한 9·11테러라고 할 수 있는데 희생자가 3,000명 이상으로 진주만 공습 인명피해 희생자보다 800여 명이 더 많았다.

알카에다가 저지른 9·11테러, 알제리 이슬람 극단주의운동인 무장이

슬람그룹GIA의 에어프랑스 8969편 납치, 스페인 마드리드 통근열차 폭파사건, 런던 지하철 폭탄 테러, 프랑스 파리 연쇄 테러, 스페인 연쇄 테러 등 최근의 주요 국제 테러사건들을 보면 엄청난 인명피해를 동반하고 있다. 또한 테러 대상도 교통시설, 축제장, 유명 관광지까지 확대되어 테러 예측가능성도 더욱 희박해졌다.

국회 행정안전위원회 소속 홍철호 의원이 소방청으로부터 제출받은 국정감사 자료 분석 결과에 따르면 올해 7월 말까지 한국에서 발생한 테러 위협 및 의심 사건은 총 13건이다. 현행 '119구조·구급에 관한 법률'은 각 지자체의 시도소방본부에 의무적으로 테러대응구조대를 설치토록 규정하고 있다. 하지만 올해 7월 말 기준 전국 지자체 중 테러대응구조대가 있는 곳은 서울, 대구, 부산 등 11곳에 불과하며 제주를 포함하여 대전, 세종, 강원, 전북, 경남, 창원 등에는 테러대응구조대가 아직 설치되지 않은 것으로 알려지고 있다.

미국은 9·11테러를 계기로 연방 법 집행 기관들이 감시와 기타 취조 활동에 관여할 수 있도록 상당한 권한을 부여하는 미국 애국법을 통과시켰다. 또한 17개 연방기관을 통합한 국토안보부도 창설하였다.

2015년 파리 연쇄 테러 이후 '국가비상사태'를 유지해 오고 있는 프랑스는 평상시에도 국가비상사태 때와 같이 경찰 등 수사기관에게 대테러 수사 기능과 재량권을 대폭 확대할 수 있는 법안을 발의했고, 최근

의회를 통과했다. 프랑스 제라르 콜롱 내무장관은 테러의 환경이 외부의 위협에서 점차 내부에서 발생하는 위협으로 옮겨가고 있다면서 테러 예방을 위한 장기적인 대응책 마련의 필요성을 강조했다.

한국도 소 잃고 외양간 고치기보다 무차별로 자행되고 있는 테러환경 변화에 능동적으로 대응할 수 있는 대對 테러대응책을 빈틈없이 준비해야 할 것이다.

중용이 필요하다

우리 몸은 외부 조건의 변화에 대응하고 몸 내부 환경을 일정하게 유지하기 위해 체온 조절이나 산성도와 알칼리도 등을 조절하고 있다. 적당한 스트레스는 몸과 마음을 건강하게 하지만 지나치면 건강을 해치게 한다. 이처럼 우리의 몸과 마음은 항상 평온을 유지하려고 한다. 지나친 것은 모자람만 못하다는 과유불급過猶不及은 살아가는 데 있어서 중요한 교훈을 준다.

중용中庸, 즉 상황에 따라 균형均衡을 찾는 길을 잘 이해한다면 우리 삶에서 많은 걱정거리들이 자연스럽게 해결될 것이다. 원하는 것이 지나치면 많은 갈등과 문제를 야기하고 인간관계의 조화도 깨지게 마련이다. 국가 간의 관계를 설명하는 세력균형이론에서는 국가 간에 힘이 비슷한 상황일 때 국제 정치 체제가 안정적이라고 본다. 개인과 개인 사이에서도 국제관계에서 나타나는 현상을 볼 수 있다.

크리스토프 라우엔슈타인 Christoph Lauenstein 과 볼프강 라우엔슈타인 Wolfgang Lauenstein 형제의 단편 애니메이션 작품인 '균형 Balance'에서는 인간들의 욕망과 이기심이 균형을 깨고 어떤 결과를 초래하는지를 잘 보여준다. '균형' 작품은 비슷한 체형의 똑같은 코트를 입은 다섯 사람이 평평한 바닥 위 중심부에 평화롭게 서 있는 장면에서 시작한다.

그들을 구분할 수 있는 것은 코트 뒤에 쓰여 있는 23, 35, 51, 75, 77의 숫자다. 평화롭게 서 있던 그들 중 75가 앞을 향해 한 걸음 나아가면서 균형이 깨진다. 그러자 네 사람은 균형을 유지하기 위해 75처럼 중심에서 밖을 향해 한 걸음씩 앞을 향해 걸음을 옮겨 어긋난 불균형을 맞춘다. 잠시 뒤에는 35가 한 걸음 나아가고 나머지 모두는 먼저의 상황처럼 균형을 맞추기 위해 한 걸음씩 나아가 수평을 맞춘다. 이런 과정을 몇 번 되풀이하다가 다섯 사람 모두는 자신이 서 있던 세상에서 중심을 잡고 아래 세계를 내려다볼 수 있게 된다. 그동안 다섯 사람이 살아온 세상은 네모난 판자 모양의 공중에 떠 있는 세계였다. 네모난 세계는 중앙을 중심으로 균형을 잡기 위해 다섯 사람이 일정한 거리와 무게를 유지해야만 하는 구조였던 것이다. 이들이 아래 세상을 보기 위해서는 서로가 균형을 잘 잡고 있어야만 한다.

판자 아래의 세계는 한번 떨어지면 생사를 예측할 수 없는 깊은 나락이기 때문이다. 그러던 중 51번과 나머지 네 사람이 아래 세상을 향해 낚싯대를 던진다. 그리고 51번의 낚싯대에 무엇인가 묵직한 상자가 걸린다. 모두는 낚싯줄에 걸린 상자를 끌어올리기 위해 각자의 위치에서 균형을 잡고 협력한다. 협력을 통해 아래 세상의 상자를 끌어올리는 데 성공한다. 성공의 기쁨도 잠시, 처음 보는 흥미로운 상자를 독차지하기 위한 쟁탈전이 시작된다. 서로 협력하던 이들이 죽고 죽이는 잔혹한 경쟁관계로 돌변한 것이다.

상자를 홀로 독차지하고자 하는 이기심과 욕심이 파멸의 세계로 모두를 몰아넣는다. 모두를 판자 아래 끝 모를 나락으로 추락시키고 한 사람과 상자 하나만이 남는다. 홀로 남은 사람은 결국 원하던 상자를 손에 넣었지만 자신이 상자를 확인하기 위해 움직이면 균형이 깨지게 되고 자신도 추락할 수 있는 상황에 놓이게 된 것이다. 상자와의 일정한 거리를 유지해야만 목숨을 부지할 수 있게 된 것이다. 결국 자신의 어리석은 욕심 때문에 상자 안을 영원히 확인할 수 없게 된 것이다.

갈등하는 양쪽은 서로 양보하여야 절충점에 도달하게 되고 안정을 찾게 되는 것이다. 가정·학교·기업·국가 사이의 불안정을 해소하기 위해서는 상호 협력이 필요하다. 이성적인 판단을 바탕으로 한 지도자의 중용 中庸, 행정책임자의 중용 中庸, 교육자의 중용 中庸, 부모의 중용 中庸이

계층과 세대갈등을 봉합하고 좀 더 평화롭고 민주적인 사회로 이끌 것이다.

  그리고 평정심으로 평화로운 세상을 견인하는 중요한 원동력이 되는 것이다.

우리는 투명한 유리의 집에서 살고 있는가?

'낮말은 새가 듣고 밤말은 쥐가 듣는다'는 말이 있다. 사생활이나 비밀이 지켜지기 어렵다는 교훈을 주고 있는 속담이다. 지금 우리가 살고 있는 세상은 사회구성원들의 모든 말과 행동이 감시되며 기록되고 있는 세상이라고 해도 과언이 아니다. 우리 주변 곳곳에는 첨단화된 감시 장비가 설치되어 사방팔방에서 우리를 감시하고 있다. 사물인터넷의 발전으로 범죄율 감소를 위해 도입된 CCTV나 차량용 블랙박스 방범카메라 등의 감시기기가 통합되어 모든 시간 모든 장소의 상황이 감시되고 기록되고 있는 실정이다.

한편으로는 범죄율을 감소시키고 안전한 세상을 만들어 주는 장점도 있는 반면 개인의 사생활 침해라는 단점도 노출되고 있다. 2021년 기준 우리나라 국민이 하루에 CCTV에 노출되는 횟수가 110회 정도 된다고 한다. 이를 악용하는 해커들은 최근 IP카메라를 해킹하여 수천 명의 사생활을 불법으로 촬영하여 인터넷에 동영상을 유포하는 사건이 발생하면서 사생활 침해문제가 사회적인 문제로 떠오르고 있다. IP카메라는 유·무선 인터넷과 연결하여 PC나 스마트폰으로 멀리 떨어진 곳에서 집안의 상황을 영상을 통해 확인할 수 있다. 보통은 집안 상태를 외부에서 실시간으로 확인하거나 방범용으로 가정이나 상점 등에 설치하고 있다. 그런데 보안과 편리를 추구하기 위해 설치한 첨단 감시기기가 악용되어 보호되어야 마땅한 사생활을 자신도 모르게 노출시키는 사태도 발생하고 있는 것이다.

'최대 다수의 최대 행복'을 주장한 공리주의 철학자인 제러미 벤담 Jeremy Bentham은 최소한의 비용과 최소한의 인력으로 최대한의 효과를 낼 수 있는 원형 감옥형태의 시설인 파놉티콘 Panopticon 모델을 고안해 냈다. 파놉티콘은 원형건물 중앙에 수용자들을 감시할 수 있는 높은 감시탑을 세우고 모든 수용자들의 방을 최소한의 인원과 비용으로 감시할 수 있는 구조라고 할 수 있다. 파놉티콘의 원리는 감시자는 수용자의 일거수일투족을 훤히 볼 수 있는 반면 수용자는 감시탑에 감시인이 있는지 없는지도 알 수 없고, 자신이 감시당하고 있는지도 전혀 알 수가 없다.

그렇기 때문에 수용자들에게 감시인의 감시 여부와 상관없이 스스로를 감시당하고 있는 것과 같이 통제할 수 있는 효과를 거둘 수 있는 것이다. 오늘날의 CCTV 등의 감시기기가 발전하면서 파놉티콘 역할을 수행하고 있다고 할 수 있을 것이다. 파놉티콘은 소수의 인원으로 다수를 통제하는데 효율성의 극대화를 꾀할 수 있다.

벤담이 고안한 파놉티콘 형태의 감시시설은 일상생활까지 깊숙이 침투해 있다. CCTV인 경우 학교, 병원, 은행, 군대, 작업장, 관공서, 아파트, 찜질방을 비롯하여 소형 점포며 동네골목까지 더욱 촘촘해지고 정교해지고 있다. 대중교통수단부터 일반자동차에까지 설치된 블랙박스에도 우리의 일거수일투족이 우리도 모르는 사이 감시되고 기록되고 있는 것이다. CCTV는 범죄 예방 효과를 극대화하여 범죄 발생률을 감소시키는데 기여한 긍정적인 측면도 많다. 범죄가 발생했을 때는 범인의 행동 경로를 추적하거나 CCTV상에 기록된 영상을 토대로 범인 검거에도 일조를 하고 있다. 도시 안전화를 위한 스마트시티가 본격화되면서 파놉티콘의 역할은 더욱 촘촘해지고 정교해지고 있다.

사생활 보호를 위해 CCTV 등의 감시기기가 없는 세상을 추구해야 할까? 아니면 사생활이 침해당하더라도 범죄예방을 위한 감시 체계를 더욱 정교화해야 할까? 이것은 쉽게 선택할 수 없는 문제이며 오랫동안 쟁점이 되고 있다.

행복한 동행

그러나 사회적 추세는 점차로 파놉티콘의 세계로 가고 있는 것처럼 보인다. 국민이 안심하고 생활하면서 사생활 침해를 최소화할 수 있는 지혜가 필요하다. 범죄를 줄이고 좀 더 안전한 사회를 지향하기 위해서 꼭 필요한 장소에만 감시 장비가 설치되어야 하며 범죄에 노출되지 않는 한 동의 없이 CCTV를 확인할 수 없도록 하고 이를 위반 시 엄중한 법적 책임을 물을 수 있어야 함은 물론 사생활 침해 방지를 위해 제도적 보완과 더불어 사회적 인식의 변화가 이루어져야 할 것이다.

진심을 담은 말 한마디

무술년/戊戌年 새해가 밝았다. 새해가 시작되면 희망차고 행복한 한 해가 되길 소망하는 덕담을 주고받게 된다. 덕담/德談의 사전적 의미는 '상대방이 잘되기를 빌어주는 말'이다. 새로운 해를 맞이하면서 상대방이 잘되기를 축복하는 것은 좋은 일이다. 그만큼 '말'에는 마음의 상태를 변화시키는 힘이 있기 때문일 것이다.

언어/言語를 자신이 속한 세계에 가치와 의미를 부여하는 존재로서 독일 철학자 마르틴 하이데거/Martin Heidegger 는 '존재의 집'이라고 보았다. 존재를 알리는 '말'은 인간관계에서 의사전달 매개체로써 자기를 표현하는 강력한 수단으로서 기능하고 있다. '말 한마디가 천냥 빚을 갚는다'는 격언을 보면 '말'이 얼마나 중요한 역할을 하는지 짐작해 볼 수 있다.

한편으로 '열 길 물속은 알아도 한 길 사람 속은 모른다'는 속담은 사람의 속마음을 헤아리는 것이 결코 쉽지 않다는 것을 보여준다. 자신이 뜻을 명확하게 말해도 그에 대한 해석은 종종 뜻한 바와 달리 그 의미가 왜곡되어 이해되거나 전달될 때가 있기 때문이다. 그만큼 말이 지닌 의미나 전달하고자 하는 뜻이 원래의 의미를 온전하게 간직하고 상대방에게 전달되기란 쉽지 않은 일인 것 같다. 똑같은 말이라도 우리 기억은 의미를 왜곡하여 자신에게 유리한 방향으로 확대 해석하는 경향이 있고, 처한 상황에 따라 말에 대한 의미도 자기중심적으로 변질시켜 뜻하지 않은 오해로 인한 갈등을 종종 불러일으키곤 하기 때문이다.

말을 하지 않아도 상대방이 내 마음을 잘 알겠지, 오판하다 이혼한 부부의 일화를 옮겨본다. 30여 년을 살다가 성격 차이로 이혼한 부부는 이혼한 그날 마지막으로 식사를 하기로 하고 통닭을 시켰다. 통닭이 나오자 남편은 평소처럼 날개부위를 찢어서 아내에게 건넨다. 그러자 아내가 화를 벌컥 내면서 남편에게 "지난 30여 년 동안 너무 자기중심적으로만 생각하더니 이혼하는 마지막 날까지 그런다"며 "내가 어떤 부위를 좋아하는지 한 번이라도 물어본 적 있냐"고 쏘아붙인다. 이에 남편도 화가 나서 "날개 부위는 내가 가장 좋아하는 부위인데도 먹고 싶은 것을 꾹 참고 당신에게 준 것인데 그 마음도 몰라준다"며 자리를 박차고 나가버린다.

집에 도착한 남편은 아내가 "내가 어떤 부위를 좋아하는지 물어본 적 있냐"는 말을 곰곰이 생각해 보았다. 지금껏 남편은 자신이 가장 좋아하는 부위를 주면 아내가 당연히 좋아할 것이라고만 생각했지, 아내가 정말 좋아하고 먹고 싶어 하는 부위가 어떤 것인지 직접 물어본 적이 없다는 사실을 깨닫는다.

　남편은 그저 자신이 좋아하는 것을 아내에게 주었음에도 시큰둥한 반응을 한 아내에 대해서 서운한 마음만 쌓아두고 있었던 것이다. 그래서 남편은 사과를 하기 위해 아내에게 전화를 걸지만 화가 난 아내는 전화를 받지 않는다. 다음 날이 되어서야 화가 풀린 아내는 그동안 남편에게 어떤 부위를 좋아하는지 물은 적이 없었고, 남편이 가장 좋아하는 부위를 자신을 위해 양보한 것인데도 남편에게 시큰둥한 반응을 보인 자신의 행동에 대해 때늦은 후회를 한다. 사과를 하려고 부랴부랴 전화를 걸지만 남편은 이미 이 세상 사람이 아닌 안타까운 결말로 끝을 맺는다. 역지사지易地思之 입장에서 상대방의 말에 서로 귀를 기울이고 마음을 헤아렸다면 어땠을까.

　일화는 진지하게 상대방의 말을 들어야만 타인을 이해할 수 있음을 보여준다. 탈무드는 "인간의 입이 하나이고 귀가 두 개인 것은 말하기보다 듣기를 두 배로 하기 위해서"라며 경청하는 자세를 강조한다. 남의 심정을 헤아리려는 마음과 언행일치言行一致를 실행하려는 의지가 있을 때 상호 간에 신뢰가 쌓이게 되는 것이다.

　　　　　　　　　　　　　　　　　　　　　　행복한 동행

올 한 해 진심을 담은 '고맙다, 미안하다, 사랑한다'는 말들이 서로에게 용기와 위로가 되어 삶을 더욱 풍요롭게 하고, 자기 생각이나 의견을 상대방에게 물어보지도 않고 강요했거나 자신이 좋아하는 것을 당연히 좋아할 것이라는 지레짐작으로 사랑하는 사람을 고통받게 하고 있지 않은지 한번이라도 돌아보고 서로가 행복한 세상으로 이끌어주길 소망해 본다.

우리의 만남은 소중하다

지난가을 세미나 참석차 중국 후베이성湖北省의 우한武漢에 갔을 때 존경하는 원로 한 분이 "나는 인연을 항상 소중히 생각하며 살아간다"는 말을 듣고 감동받았다.

평범한 이야기 같지만 살아가는 데 있어서 중요한 교훈을 주고 있다. 인연을 소중히 하는 마음이 있다면 사람들 간에 갈등이 줄어들고 화목하게 될 것이기 때문이다.

모든 만남에는 인연이 존재한다. 부모·형제자매나 친척과 연결된 혈연血緣관계에서부터 학연學緣, 지연地緣까지 사실상 모든 관계가 연緣이라는 보이지 않는 사슬로 이루어져 있다고 할 수 있다. 그런데 어떤 인연은 오래도록 좋은 관계를 유지하지만 어떤 인연은 좋지 않은 결말을 맞이하게 되는 것일까.

인연因緣은 사람과의 '좋은' 또는 '나쁜' 혹은 '스치는' 관계로 나타난다. 인연은 원인과 결과에 따라서 크게 선연善緣, 악연惡緣으로 나눌 수 있다. 인연은 과거의 행위와 관계가 있다. 과거에 행한 좋은 일이나 나쁜 일이 선연이나 악연으로 이어져 전생의 업業이 된다는 것이다.

전생에 또는 과거에 착한 일을 하면 그에 대한 대가로 선연을 만나고 반대로 악한 일을 했다면 악연과 만난다는 것이다. 하늘이 복을 내릴 때는 그전에 쌓아 둔 공덕功德이 있어야만 복을 내리고, 짓지 않은 죄는 받지 않는다는 말처럼 모든 인연이 '인과因果'에 따라 '응보應報'가 존재한다고 본다면 자기성찰의 시간을 갖는 일에 좀 더 신경을 쓸 수 있지 않을까.

우리 만남이 옷깃만 스치는 인연으로 만나기 위해서 불가에서는 500겁이라는 인연이 있어야만 가능한 일이라고 본다. 1겁의 단위는 4억 3200만 년으로 우주가 생성되고 소멸되기까지의 기간을 말하기도 하며, 천년에 한 번씩 내려오는 천사의 옷자락에 엄청나게 큰 바위가 닳아서 없어지기까지의 기간이라거나 천지가 개벽해서 다음 개벽할 때까지 걸리는 기간으로 보는 견해가 있다.

스치는 만남조차도 상상을 초월하는 인고의 시간이 걸리는 것이다. 모든 만남에 인연의 고리가 사슬로 연결되어 돌고 있는 것이다. 그런 관점에서 보면 집 울타리 안에서 기르는 식물이나 동물에 이르기까지 인과의 법칙과 인연의 법칙이 적용되지 않는 범위가 없다는 생각이 든다.

인연에 대한 관점은 동서양이 별반 다르지 않은 것 같다. 서양의 다양한 분야에 광범위하게 영향을 미치고 있는 사상 중 하나인 '존재의 대사슬 great chain of being'은 우주의 모든 존재가 사슬이라는 고리로 긴밀하게 연결되어 있다고 본다. 가령 무생물부터 시작해서 식물, 동물, 인간을 거쳐 최고의 신과 가시적이고 비가시적인 세계에까지 보이지 않는 사슬로 미묘하게 연결되어 있다고 보는 것이다.

이렇게 균형을 이루고 있는 사슬의 한 부분을 인간이 개입하여 의도적으로 사슬을 끊어 버린다면 우주의 위계질서가 무너지기 시작하면서 대혼란이 올 것이다.

중국 전설에는 남녀 간의 인연을 맺어준다는 월하노인月下老人이 등장한다. 월하노인은 보이지 않는 운명의 붉은 끈을 가지고 다닌다. 월하노인이 가지고 다니던 운명의 붉은 끈으로 남녀 간의 발목을 묶어 놓을 경우 '철천지원수徹天之怨讐'라 해도 반드시 부부의 연을 맺게 된다. 또 중국 속담에 '유연천리래상회 무연대면불상봉有緣千里 來相會 無緣對面 不相逢'이 있다. 이는 '인연이 있으면 천 리 떨어져 있어도 만나고 인연이 없으면 얼

행복한 동행

굴을 맞대고 있어도 알아보지 못한다'는 뜻이다.

흐르는 강물이 강을 거슬러 오르지 않듯이 동서양을 막론하고 거스를 수 없는 자연의 법칙이 있다. '회자정리 생자필멸 會者定離 生者必滅'이다. 인연에 연연하지도 말아야 하지만 한 번 맺은 소중한 인연을 오래도록 지켜가는 일이야말로 사람답게 살아가는 아름다운 이치가 아닐까.

만나면 언젠가 헤어지게 되며 살아있는 것은 언젠가 죽음을 맞게 되는 것이므로 사는 동안에 항상 사람과의 만남을 소중히 하여 상대방을 배려하고 존중하며 살아가야 한다는 생각을 하게 된다.

'세계 평화의 섬 제주'가 실현해야 할 적극적 평화

    인류가 오랫동안 갈망해왔고 앞으로도 이루고자 하는 소망 중의 하나는 갈등과 전쟁이 없는 '평화'이다. 전 세계의 조화로운 공존이라는 인류의 이상을 이루기 위해 지금도 국제공동체는 노력하고 있다. 분쟁 지역에서는 총성만 멎어도 마침내 평화가 왔다고 기뻐하겠지만, 지금 우리가 제주에서 거론하는 내 마음의 평화라는 어감이 주는 느낌은 내적·외적 상태가 아무런 근심이나 걱정 없이 평온함을 유지하는 것이다.

    지구의 어느 한 지역에서는 아직도 총성이 울리고 있다는 것을 고려해보면 지금 우리가 누리는 평화는 특권처럼 느껴지기도 한다. '평화'라는 단어 안에는 사랑이나 행복까지도 아우르는 힘이 느껴진다. 평화의 의미에는 협의狹義적인 시각에서의 전쟁이 없는 '소극적 평화'와 인간 내면의 행복감까지 고려한 광의廣義적인 시각의 '적극적 평화'가 있다. 노르웨이의 평화학자인 요한 갈퉁 Johan Galtung 은 소극적 평화 negative peace 와 적극적 평화 positive peace 로 구분해 설명한다.

그가 말하는 소극적 평화는 전쟁이 없는 상태를 뜻한다. 적극적 평화는 비폭력 방식으로 갈등을 해결하면서, 인간이 인간답게 살기 위한 행복 추구권, 평등권, 자유권, 사회권, 청구권, 참정권 등의 기본권과 정의가 구현되는 상태를 뜻한다. 인권을 보장하고 구조적 문화적 측면에서도 억압이 없어야 진정한 평화를 이룰 수 있는 것이다. 그래서 온 인류가 '평화'를 추구해왔고 앞으로도 추구할 것인지도 모른다.

이런 측면에서 제주도가 '세계평화의 섬'으로 지정된 것은 매우 의미 있는 일이라고 할 수 있다. 제주특별자치도특별법 제235조 1항에 '국가는 세계평화에 기여하고 한반도의 안전과 평화를 정착하기 위하여 제주도를 세계 평화의 섬으로 지정할 수 있다'고 규정하고 있다. 세계평화의 섬에 대한 정의는 '모든 위협요소로부터 자유로운 상태인 적극적 의미의 평화를 실천해 나가는 일련의 사고체계와 정책 등을 포괄하는 문화적·사회적·정치적 활동체계'로써 적극적 평화의지를 표방하고 있다. 이 내용을 고려해 보면 세계평화와 한반도의 평화에 기여하는 큰 역할이 제주도에 부여된 것이라고 할 수 있을 것이다.

호주 시드니에 위치한 국제비영리단체인 경제평화연구소IEP가 2017년 163개국을 대상으로 국내 및 국제적 분쟁 관여도, 정치적 안정 수준, 사회적 안전 및 치안 수준, 군사화 수준, 무기 수출 및 사회·정치적 갈등 등 23개 항목을 비교해 조사해 발표한 세계평화지수GPI에서 한국의 평화지수는 47위로 나타났다.

세계에서 가장 평화로운 나라는 아이슬란드이며 다음으로 평화로운 국가는 뉴질랜드·포르투갈·오스트리아·덴마크 순이다. 흥미로운 점은 행복지수에서 상위권을 차지하는 부탄이 2016년 평화지수 부문 13위에 올랐다는 것이다. 행복지수가 높은 나라가 평화지수도 높다는 걸 알 수 있다. 제주도민들의 평화지수를 높이기 위해서는 행복지수를 먼저 높이는 방안 마련이 우선돼야만 할 것이다. 더불어 '세계평화의 섬 제주'의 평화 이미지 확산을 위한 차별화된 정책을 개발하는 노력도 경주해야 할 것이다.

북대서양의 섬나라인 아이슬란드는 척박한 땅으로 이뤄진 나라임에도 불구하고 정치 지도자들과 국민들이 힘을 합쳐 강력한 사회정책을 표방하며 세계에서 가장 살기 좋은 나라 순위 상위권에 이름을 올리고 있다. 특히 친환경적 삶에서 국민들이 느끼는 만족도는 매우 높다고 알려져 있다. 이로 인해 행복지수와 평화지수가 동반상승세를 이어가고 있는 것이다.

행복한 동행

사회학자인 장 지글러_{Jean Ziegler}는 사람이 사람답게 사는 사회가 건설될 때 평화가 실현된다고 보았다. 제주도민들은 '세계평화의 섬 제주'가 얼마나 사람답게 살 수 있는 사회를 지향하고 있는지, 적극적 평화를 실현해나가고 있는지 관심을 가져야 할 것이다.

통일한국, 통일 교육으로 대비하여야

세계 어느 민족보다도 평화를 사랑하며 한민족 공동체로서 5000년 역사를 함께해 온 우리 민족은 남과 북으로 분단돼 통한의 70여 년을 보내고 있다.

가족을 지척에 두고도 일생 동안 그리운 사람을 보지 못하고 산다면 그 가슴은 시퍼렇게 멍이 들고 말 것이다. 실향민들과 탈북자들의 아픔이 그럴 것이다.

사랑하는 부모·형제, 남편과 아내, 아들과 딸들, 친척, 친구들을 지척에 두고도 대면할 수 없다는 것이 한반도의 냉혹한 현실이다. 이런 아픔을 함께해야 할 한민족공동체로서 통일한국 완성을 위한 평화 통일 노력에 모두가 동참해야 할 이유다.

행복한 동행

지난달 27일 '평화, 새로운 시작'을 슬로건으로 내건 남북정상회담에서 문재인 대통령과 김정은 국무위원장은 판문점 선언을 통해 '한반도에 더 이상 전쟁은 없을 것이며, 새로운 평화의 시대가 열리고 있음'을 전 세계에 천명했다. 한반도에 모처럼 화해 분위기가 조성되면서 평화 통일에 대한 기대감에도 봄빛이 물들고 있다.

　제주특별자치도는 평화의 가치를 중시해오고 있다. 2007년 7월 1일에 선포된 제주평화헌장은 '민족화합과 세계평화에 기여하기 위하여 인간과 자연이 함께 어우러지는 생명공동체를 이룩하고, 인권을 존중하고 인종·문화·종교·사상의 다양성을 수용하는 시민정신을 고양시키고, 사회적 약자에 대한 차별과 불평등 해소, 대립과 갈등을 극복하고 관용과 화합의 사회 구현, 지속적인 교류 협력으로 평화통일을 앞당기고 지구촌의 평화와 번영에 이바지한다'라고 선언하고 있다.

　제주는 평화헌장이 선포되기 이전부터 남북특사 회담(2000년 9월)을 비롯하여 남북 국방장관 회담(2000년 9월), 남북 장관급 회담(2000년 9월), 남북 고위급 회담(2006년 6월)을 통해 남북교류 협력을 위한 평화의 장으로 역할을 해왔다. 또한 제주는 '비타민C외교'라 불리는 감귤 보내기 운동을 통해 1999년부터 2010년까지 약 5만t의 감귤을 북한에 전달했으며, 북한 어린이를 위한 겨울내복 보내기, 목초 종자 및 의약품 지원 사업 등도 추진하였다. 남북교류의 일환으로써 2002~2005

년까지 제주도민 800여 명이 4차례에 걸쳐 민간 외교관으로서 북한을 방문하기도 했다.

민간이 주도하는 체육, 문화, 예술 교류의 장인 남북평화축전이 2003년 10월 24일부터 27일까지 제주에서 개최되기도 하였다. '우리 민족이 만납니다'라는 주제로 열린 남북평화축전은 분단 후 58년 만에 최초로 남북이 공동 개최하는 비정치적인 스포츠 교류 행사였으며, 이 행사에는 북측 참가단 190여 명이 고려항공 민항기 2대를 이용해 제주를 방문하였다.

독일 통일은 베를린장벽 붕괴 후 갑작스럽게 이루어졌지만, 동서독이 합의하에 평화적이고, 민주적으로 추진됨으로써 국제사회에서 통일국가의 모범사례로 평가받고 있다. 독일 통일을 방해하는 수많은 경우의 수에도 불구하고 동서독은 평화적으로 통일 독일을 완성해낸 것이다. 우리나라도 예기치 않은 순간에 통일이 될 수도 있다. 점진적인 통일이든 급작스러운 통일이든 통일을 대비한 상황은 언제든지 준비되어 있어야 한다.

통일한국은 우리가 경험해 보지 못한 새로운 세상이 열리는 것이다. 통일 한국을 완성하기 위해서는 다른 점은 잠시 덮어두고, 일치하는 부분에 대해서는 서로 협력한다는 구동존이求同存異 자세도 필요하며, 국제

행복한 동행

적인 지지와 협력도 필요하다. 새롭게 조성될 통일 환경을 세련되고 포용력 있게 수용할 수 있어야만 실질적이고 항구적인 한반도 평화가 정착될 수 있을 것이며, 한반도 평화 정착은 동북아 평화와 번영에도 기여할 것이다.

통일을 대비하기 위하여 시민들을 위한 통일교육이 강화되어야 할 것이다. 제주에서 민관이 협력하여 다양하게 추진해 온 남북교류 사업들이 평화통일의 중추적 역할을 담당하기 위해서는 민간 차원의 통일 공감대 형성이 매우 중요하다.

이렇게 민간 차원의 여론이 깊이 있게 형성되고 정치 경제 문화 예술 전 분야에 걸쳐 도민들의 통일에 대한 관심이 커질 때에만 남북교류 사업 규모도 커질 것이고 활성화될 것이라고 믿는다. 일회성 행사나 만남으로 그칠 것이 아니라 지속적이고 항구적인 교류와 소통을 위한 다양한 창구가 마련되고 정치적 입김에 의해 휘둘리지 않는 순수 민간 차원의 교류 협력을 이끌어 낼 때 진정한 평화 통일로의 발걸음이 앞당겨질 것이다.

멋진 삶을 위하여 밖으로 나가서 친구부터 만들자

생명 있는 모든 존재는 나이 드는 것을 피할 수 없으며 나이가 들어감에 따라 사회적 고립감도 커져간다. 그리하여 현명한 사람은 사람들과 신뢰를 쌓으면서 인간적인 유대를 형성하는데 많은 공을 들인다. 인간의 삶에 미치는 고립감의 영향과 관련된 연구를 보면 사회적으로 고립될수록 뇌에 특정한 유해 물질이 축적되어 정신건강에 좋지 않다고 한다.

우리 선조들은 '우리 민족', '우리 가족', '우리 학교', '우리 친구', '우리 동네' 등등의 언어를 유독 많이 사용하며 '우리'라는 공동체를 강조하였다. 이처럼 인간의 심성을 꿰뚫어 본 조상들의 깊은 통찰력에 감탄하게 된다.

행복한 동행

그런데 최근에는 이런 경향이 바뀌고 있는 것 같다. '우리'보다는 개인을 더 중시하여 '나'를 더 많이 사용하는 것처럼 느껴진다. 한국인의 고립감이 매우 높게 나타나는 것도 이와 무관치는 않을 것이다. 경제협력개발기구OECD가 강한 유대감을 묻는 공동체 부문 조사에서 한국은 38개국 중 37위로 고립감이 심각한 수준으로 나타났다.

'UN 세계인구고령화 보고서'를 보면 2000년에는 평균수명 80세 이상인 국가가 6개국에 불과했지만 2020년에는 31개국까지 증가할 것으로 전망하고 있다. 우리나라는 2026년 초고령 사회로 진입할 예정이다. 국민 개개인이 초고령화 사회에 대해 고민해볼 시기가 된 것이다.

행복한 미래 설계를 위한 하버드대 성인생애발달연구팀의 연구는 시사하는 바가 크다.

연구팀은 어떤 요인이 삶의 질에 영향을 주는지를 파악하기 위해 1930년대부터 70여 년간 하버드대 일부 학생들과 일반인 남성 및 여성 등 총 814명을 대상으로 삶을 지속적으로 관찰했다. 그 결과 나이 들어서도 행복하게 삶을 영위하고 있는 사람들에게서 공통점을 발견했다. 그것은 고통을 극복하는 성숙한 자세, 교육, 안정적인 결혼생활, 금연, 금주, 운동, 적당한 체중 유지 등이다.

이런 요소들을 갖추기 위해서 꼭 필요한 것이 자기절제이다. 행복하고 건강한 삶을 위한 가장 강력한 요소는 고통에 적응하는 성숙한 자세다. 이는 불쾌한 상황을 심각한 상황으로 악화시키지 않고 긍정적으로 변화시킬 수 있는 능력을 말한다. 그다음으로 중요한 요소는 교육이다. 평생 교육은 정신건강과 신체건강에 영향을 주어 품위 있고 성숙한 삶을 영위할 수 있게 하였다. 그다음은 안정적인 결혼생활, 금연, 금주, 운동, 적당한 체중 유지다.

결국, 행복의 조건들이 경제적으로 풍족해야만 해결할 수 있는 문제가 아닌 마음먹기에 달린 문제라는 것이다. 행복의 조건을 뒷받침하는 요소 중에는 미래지향적이며, 감사할 줄 알고 관용을 보일 줄 아는 것, 다른 사람의 입장을 헤아릴 줄 아는 마음, 타인에 대한 이해 능력 등이 중요하게 작용한다. 타인을 배려하는 마음자세가 기본이다. 타인에 대한 감사와 주어진 것에 대해 감사하는 자세는 자신의 삶에 품격을 높일 것이다.

사회적 존재로서 인간은 상호관계를 통해 교류하고 끊임없이 소통하려고 한다. 신뢰할 수 있는 인간관계는 행복한 삶을 더욱 풍요롭게 할 것이며 결속을 강화할 것이다. 생각을 긍정적으로 하며 책임감을 갖고 주체적으로 일을 처리하고 유머감각이 풍부한 사람이 호감을 받는다.

따뜻한 기억이 없는 사람에게 인생은 괴롭고 지루하며 길게 느껴질 것이다. 행복의 많은 부분이 다른 사람과의 교류와 소통에서 오기 때문일 것이다.

　따뜻한 기억을 함께 만들 수 있는 사람들이 많다면 사회로부터 느끼는 고립감은 많은 부분 해소될 것이며 좀 더 풍요롭고 행복한 미래가 될 것이다.

　고립감을 피할 수 있는 해결책이 의외로 단순할 수도 있다. 신뢰할 만한 인간관계를 형성하는 것이다. 그렇지만, 깊은 신뢰는 하루아침에 이루어지지 않는다는 것을 명심할 필요가 있다.

　자! 이제 밖으로 나가서 친구를 만들자.

자연이 살아야 우리도 산다

자연은 인간과 동·식물에 삶의 터전이 되어 왔다. 수렵과 농경사회에서의 자연은 인간 생존에 필요한 식량과 생활용품을 공급하는 기능을 해왔다. 산업화에 따른 기술의 발전은 자연 속의 각종 자원을 개발하고 고도화시키면서 인간 삶에 편리성을 가져왔다.

농업기술의 발전은 품종 개량 등을 통해 줄어든 농지에서도 풍성한 수확을 담보해 주었고, 삶의 터전이었던 땅들은 도시화의 물결에 휩쓸려 콘크리트 숲이 되어 갔다. 우리는 과도한 소비생활의 혜택을 누리는 데 도취되어 자연과의 관계를 점점 멀리해 왔다.

기록적인 폭염이 이어지면서 인간과 자연환경과의 공존관계가 다시금 수면 위로 떠오르고 있다. 급속한 도시화에 따른 콘크리트 숲이 폭염에 취약함을 드러내고 있기 때문이다. 콘크리트로 둘러싸인 도시에서 뿜어져 나오는 자동차 배기가스와 아스팔트 열기, 냉방용 실외기에서 뿜어져 나오는 열기 등은 도시의 기온을 상승시키고, 지구온난화에 따른 열섬현상 Heat Island 을 일으키는 등 폭염은 재난이 되고 있다.

폭염지수는 역대 기록을 갱신하였고, 잠 못 이루게 하는 열대야도 장기화되고 있어 밤은 밤대로 낮은 낮대로 피로 누적에 따른 건강이 우려되고 있다. 기록적인 폭염은 에어컨 과열에 따른 아파트 화재, 공장 화재, 차량 화재 등을 비롯하여 자연발화에 따른 화재까지 일으키면서 인간을 무력하게 하고 있다. 계속되는 폭염과 열대야가 이어지면서 온도가 높은 지역을 아프리카에 빗댄 '대프리카(대구+아프리카)', '서프리카(서울+아프리카)'라는 신조어까지 등장하게 하였다.

이런 상황에서 습도가 높으면서도 '가마솥더위', '찜통더위'로 불리는 우리나라의 여름철 기온을 낮추고 쾌적하고 건강하게 여름을 나기 위한 대안으로 도시숲을 가꾸는 방안이 제시되고 있다. 도시숲은 주변 온도를 낮출 뿐만 아니라 미세먼지와 대기오염물질을 감축시키고, 공기 정화와 도시경관을 아름답게 하는 기능까지 담당한다.

해마다 아마존의 밀림이 서울시 면적의 세 배 정도씩 사라지고 있다고 한다. 제주도 인구가 늘어나고 곳곳에 난개발이 이루어지면서 자연

훼손이 심각한 문제로 대두되고 있다. 오래된 숲이 사라지고 산림과 녹지 면적이 야금야금 줄어 들고 있는 것이다. 그 결과 제주 도심의 평균 기온도 점차 상승하고 있는 추세다. 최근 십여 년과 비교해서 더워졌다고 느낀다면 그저 하늘을 보고 한탄하지 말고 한 그루의 나무를 심는 것이 당면 과제일 것이다.

나무 한 그루는 연간 이산화탄소 2.5t을 흡수하고, 동시에 어른 7명이 필요한 연간 1.8t의 산소를 방출하는 산소 공장 역할도 한다고 알려져 있다.

플라타너스 한 그루는 15평형 에어컨 8대를 5시간 가동하는 천연 에어컨 역할을 톡톡히 한다니 나무 한 그루 한 그루가 새삼 더욱 고맙게 느껴진다. 그동안 우리는 자연의 놀라운 능력을 과소평가하고 있었는지도 모른다. 자연의 순환 고리는 인간과 동식물까지 연결되어 있기 때문에 환경변화에 의해 연결고리 하나가 제대로 작동되지 않는다면 순차적으로 모두가 영향을 받을 수밖에 없는 것이다.

자연은 스트레스가 많은 현대인들에게 휴식을 주고, 삶을 되돌아볼 여유와 건강을 선물하는 공간으로서도 기능하고 있다. 우리 생활공간 가까이에 있는 도시숲은 인간과 자연과 동식물이 공존하는 공간으로써 미래세대에까지 그 혜택이 돌아갈 것이다.

우리나라의 산림헌장에는 "숲은 생명이 숨 쉬는 삶의 터전이다/맑은 공기와 깨끗한 물과 기름진 흙은 숲에서 얻어지고/온 생명의 활력도 건강하고 다양하고/아름다운 숲에서 비롯된다/꿈과 미래가 있는 민족만이/숲을 지키고 가꾼다"라고 되어 있다. 이런저런 이유로 도시가 점점 뜨거워지는 등 환경이 급변하고 있다. 꿈과 미래가 있는 민족으로서 함께 숲을 가꾸고, 아끼고 사랑하는 일에 다 같이 힘을 모아야 할 때인 것 같다.

문명 앞에는 숲이 있지만 문명 뒤에는 사막이 남는다는 말이 있다. 인류의 문명이 급속한 성장을 거듭하면서 인류와 공존해온 숲은 산업화와 도시화에 밀려났고, 지구는 사막처럼 달궈지고 있다. 급변하는 시대에 인간과 자연이 공존할 수 있는 쾌적하고 건강한 환경을 위한 조화롭고 과학적인 대비책이 마련되어야 할 것이다.

제 2 부

난관을 새로운 도약의 디딤돌로 삼아야

어려움을 만나지 않는 사람이 어디 있으랴!

살다 보면 누구나 난관難關에 직면할 때가 있다. 고난은 사람을 단련하고 강하게 만들어 준다고 믿는다. 그래서 예부터 사람을 크게 쓰려면 하늘이 먼저 시련을 내린다는 말이 있는 것이다. 난관을 뚫고 나가는 사람도 있고 난관에 좌절하는 사람도 있다. 그러나 우리는 어려움을 딛고 일어나는 사람이 돼야 할 것이다.

어려움에 직면했을 때 빨리 극복하고 일상으로 되돌아와 평온함을 유지하는 마음의 '회복력回復力'은 살아가는 데 매우 중요하다. 주위에 성공한 사람들을 보면 수많은 난관에 굴복하지 않고 도약하는 계기로 삼는 회복력이 뛰어나다. 이들은 세상풍파에 걸려 넘어졌다가도 긍정의 힘으로 툭툭 털고 일어서서 목표를 향해 굳건하게 나아간다.

난관은 걸림돌이 아니라 도약을 위한 디딤돌인 것이다.

토마스 칼라일Tomas Carlyle은 "길을 가다가 돌이 나타나면 약자는 그것을 걸림돌이라고 생각하지만 강자는 디딤돌이라고 생각한다"고 말했다.

칼라일도 이런 경험을 했다. 칼라일은 『프랑스 대혁명』, 『영웅숭배론』, 『프리드리히 대왕이라 불리는 프로이센 왕 프리드리히 2세의 역사』 등을 쓴 영국의 정치사상가다. 칼라일의 역작인 『프랑스 대혁명』은 그가 난관을 극복하는 사람이 아니었다면 빛을 보지 못했을 것이다.

칼라일은 몇 년을 공들여 쓴 『프랑스 대혁명』 초고를 그의 친구인 존 스튜어트 밀John Stuart Mill에게 감수를 맡겼다. 밀은 "배부른 돼지보다 배고픈 소크라테스가 낫다"는 우리에게 익숙한 격언을 남긴 영국의 정치경제학자로 공리주의를 주장한 철학자다. 공리주의자인 제레미 벤담은 '최대다수의 최대행복'을 강조하였듯 많은 사람들의 행복에 초점이 맞춰져 있으나 밀의 주장은 좀 더 개인의 행복에 초점이 맞춰져 있다고 할 수 있다.

그래서 벤담은 양量적 행복을 주장했다는 평가를 받고, 밀은 질質적 행복을 주장했다는 평가를 받는다. 토마스 칼라일은 친구인 밀에게 원고 감수를 맡겼고, 밀은 서재에서 원고를 검토하다 지친 나머지 읽던

원고를 어질러 놓은 채로 침실로 가서 잠이 든다.

밀이 잠든 사이 서재에 청소하러 갔던 하녀는 어지럽게 널려 있는 원고가 쓰레기인 줄 알고 난로에 넣어 모두 태워버린다. 칼라일이 몇 년 동안 공들여 쌓은 탑이 한 순간에 재로 변한 것이다.

이 사실을 알게 된 칼라일의 상심은 너무 컸다. 식음도 전폐하고 삶에 의욕도 잃어버린 것이다. 한동안 고통에 방황하던 그의 눈에 우연히 새로운 집을 짓는 광경이 들어온다. 새집을 짓는 벽돌공들은 벽돌을 쌓을 때마다 공들여 쌓은 벽돌이 조금이라도 어긋나면 주저 없이 허물고 쌓기를 반복하는 것이었다. 집을 짓기 위해 허물고 다시 쌓기를 반복하는 모습 속에서 칼라일은 새로운 마음가짐으로 글을 다시 쓰겠다는 자신감을 회복하게 된다.

소실돼 버린 첫 작품보다 더 훌륭하다는 평가를 받는 프랑스 역사의 방대한 기록인 『프랑스 대혁명』은 뼈아픈 난관을 긍정의 디딤돌로 전환시켰기에 세상에 나왔다.

데일 카네기 Dale Carnegie 는 "세상의 중요한 업적 중 대부분은, 희망이 보이지 않는 상황에서도 끊임없이 도전한 사람들이 이룬 것"이라고 말했다.

큰 나무는 바람을 더 많이 받는다. 모진 비바람, 폭풍우를 이겨낸 큰 나무는 새가 둥지를 틀기도 하고, 지친 나그네가 쉬어 갈 수 있는 그늘이 될 수도 있고, 방향을 알려주는 이정표가 되기도 한다. 무너졌을 때 용기와 신념으로 우뚝 오뚝이처럼 일어선 위대한 정신은 청명하고 드 높은 파란 가을 하늘 같다.

그래서 눈부신 가을 하늘이 더욱 고맙고 반가운 요즘이다.

한라에서 백두까지 공동번영과 상생을 위하여

한라에서 백두까지 통일의 염원을 담은 민족의 영산 한라산이 한반도의 공동번영과 상생을 위한 평화의 가교로서 민족화합의 상징으로서 주목받고 있다.

지난 9월 20일 제3차 남북 정상회담차 북한을 방문한 문재인 대통령과 김정은 국무위원장의 백두산 방문은 파격 그 자체였다. 백두산 천지에서 두 정상은 손을 마주 잡았다.

이제 한라산에서 두 정상이 겨레의 하나 됨을 위해 손을 맞잡을 날을 많은 제주도민이 염원하고 있을 것이다.

평화의 가치를 중시해오고 있는 제주는 그동안 정상회담 개최지로서 남북교류의 중심지 역할을 해왔다. 천안함 사태로 남북교류 사업이 중단되기 전까지 감귤 보내기 운동을 통해 약 5만t의 감귤을 북한에 전달했으며, 제주도민 800여 명이 4차례에 걸쳐 북한을 방문해 우정을 쌓기도 했다. 또한 분단 58년 만에 남북이 공동 개최하는 체육, 문화, 예술 교류의 장인 남북평화축전을 개최하는 등 남북교류 마중물 역할을 충실히 해왔다.

회담 개최지로서 제주는 노태우 전 대통령과 고르바초프 전 소비에트 연방공화국 대통령의 정상회담, 김영삼 전 대통령과 빌 클린턴 전 미국 대통령의 정상회담, 남북 특사회담, 남북 국방장관회담, 제3차 남북 장관급회담, 노무현 전 대통령과 고이즈미 준이치로 전 일본 총리의 정상회담, 제17차 남북 장관급회담, 남북 경제협력추진위원회 12차 회의, 이명박 전 대통령과 원자바오 전 중국 총리, 하토야마 유키오 전 일본 총리의 한·중·일 정상회의 등을 개최하며 평화 담론 형성의 장으로서 입지를 굳혀 왔다.

또한 올해 북미 정상회담 개최지로 거론되면서 세계 평화의 섬 제주는 평화를 위해 평화를 준비하는 평화의 장으로서의 위상을 전 세계인에게 각인시켰다.

남북 정상회담차 지난 9월 18일 북한을 방문한 문재인 대통령은 만찬 건배사에서 "백두에서 한라까지 남과 북 8,000만 겨레 모두의 하나 됨을 위하여!"라며 한라산을 언급한 데 이어 평양 능라도 5·1경기장에서 가진 연설에서도 "김정은 위원장과 나는 백두에서 한라까지 아름다운 우리 강산을 영구히 핵무기와 핵 위협이 없는 평화의 터전으로 만들어 후손들에게 물려주자고 확약했습니다"라고 한라산을 언급했다.

지난달 28일 청와대 출입기자단과 함께 한 북악산 산행에서도 문 대통령은 김 위원장이 서울을 방문할 경우 무엇을 보여줄 것인지를 묻는 기자 질문에 "백두에서 한라까지라는 말도 있으니까 원한다면 한라산 구경도 시켜줄 수 있다"고 답함으로써 제주도민들은 두 정상의 한라산 방문 현실화를 꿈꾸기 시작했다.

지난 9월 북한에서 열린 남북 정상회담 때 북한이 보내준 송이버섯 2t에 대한 답례 선물로 제주 감귤 200t이 지난 11, 12일 이틀간에 걸쳐 북한에 전달됐다. 이에 앞서 제주도의회 강철남·문종태 의원은 지난 3, 4일 금강산호텔에서 열린 '남북 민족화해협의회 연대 및 상봉대회'에 참석해 남북교류 사업 활성화를 건의하는 제주도의회 의장의 친서를 북측에 전달했다.

이런 일련의 과정들이 남북교류 사업 재개 신호탄이 되길 바라는 마음과 두 정상의 한라산 방문 현실화에 대한 기대감으로 제주도민들은 요즘 한껏 부풀었으며, 두 정상의 한라산 동반 등반에 대한 열망을 모으고 있다.

지난달 말 제18기 민주평화통일자문회의 제주지역 자문위원들은 한반도의 평화와 번영을 위한 자문위원 결의문을 채택했다. 결의문에서 "제주지역 자문위원들은 '한반도 평화 프로세스'의 역사적 사명을 인식하고 '한라에서 백두까지' 이어지는 통일 기운이 더 넓게 확장돼 제주가 '평화의 섬'임을 전 세계에 알릴 수 있도록 김정은 국무위원장의 제주 방문을 열렬히 환영하며 전 도민의 뜻을 모아 한반도 평화-번영의 시대를 열어나가는데 앞장설 것"이라고 밝혔다.

남북 정상이 함께 손을 잡고 한라산 정상에 우뚝 서는 그날을 세계 평화의 섬 제주도민들은 간절하게 열망하고 있을 것으로 본다. 그 꿈이 꼭 실현되길 간절히 기대해 본다.

행복한 사람들이 많아야 사회가 따뜻해진다

육십간지干支 중 36번째 기해년己亥年 돼지의 해가 시작되었다.

'기己'는 오행 사상에서 '황'색으로 황금색을 뜻하고 있으며 '해亥'는 돼지를 뜻하므로 올해는 '황금돼지의 해'로 불러도 무방할 듯하다.

한 해를 시작하는 새해 벽두曉頭에서는 유난히 새로운 해에 대한 희망과 기대를 많이 품게 된다. 그래서 매해 달라지는 띠에 길운과 복福을 기원하는 마음을 담아 많은 의미를 부여하게 되는 것 같다. 그래서 2019년을 모두가 입을 모아 '황금돼지의 해'라고 부르고 있는 것이다.

띠는 사람이 태어난 해를 12가지 동물로 상징하여 부르는 것인데 이 띠에 특별한 의미를 부여하여 '백말띠'니, '황금돼지띠'니, '몇십 년 만에

오는 띠'라는 수식어가 종종 따라붙는다. 올해는 돼지띠 앞에 '황금'이
자리 잡았다.

'황금'이라는 단어가 붙으면 왠지 재물이나 복을 더 많이 받을 것 같
아서 기분이 좋아진다. 말이 주는 힘을 다시 한 번 느껴본다. 말은 마음
의 초상이다. 좋은 말, 칭찬의 말, 긍정의 말을 좀 더 많이 해야겠다는
다짐을 해본다.

한 해가 시작되면 사람들은 보통 새로운 목표를 설정하고 각오를 다
지게 된다. '담배 끊기', '여행 가기', '책 읽기', '무언가 배우기', '이웃사랑
실천하기' 등 각자 자신의 처한 상황과 위치에서 좀 더 발전된 미래를
꿈꾸며, 오늘보다 나은 내일이 되길 희망하게 된다.

이를 반영하듯 직장인, 자영업자 구직자 등이 2019년을 상징하는 사자
성어로 '바라던 일이 잘된다'는 의미를 담은 '마고소양_{麻姑搔痒}'을 뽑았다.
올 한 해가 인생의 목표가 실현되는 해가 될 수도 있고, 인생의 목표
에 가까워지는 해가 될 수도 있을 것이다. 저마다 달성해야 할 많은 목
표가 있겠지만, 사람의 인생 최대 목표는 행복 추구일 것이다.

행복한 삶이 되기 위한 요소 중에 주변에 신뢰할 만한 진정한 친구가
있느냐가 많은 영향을 준다는 연구 결과가 있다. 친구와 관련한 최근의

한 연구는 평상시에 친구를 잘 만나지 않으면 노화 진행 속도가 지나치게 빨라질 위험이 커지고, 반대로 친구와 활동을 함께할 경우 우울증이나 외로움이 사라지고 면역력도 높아져 더 건강해진다는 것이다.

또 미국에서 7,000명을 대상으로 수년간 장수하는 사람들을 추적한 결과에서는 '친구의 수'가 공통으로 작용하는 것으로 조사되었다. 인간의 수명과 삶의 질에도 영향을 미칠 만큼 좋은 친구의 존재는 보약과 같은 효과가 있는 것 같다. 그런 친구를 두고 있다면 이미 황금 못지않은 귀한 보물을 갖고 있는 것이라고 할 수 있을 것이다.

우리에게 친구란 어떤 의미일까?
국어사전에 친구는 '가깝게 오래 사귄 사람', '나이가 비슷하거나 아래인 사람을 낮추거나 친근하게 이르는 말'이라고 되어 있다. 사전적 의미에서의 친구는 매우 가깝다는 느낌보다는 오래 알고 지낸 사람, 허물없는 사람 정도라고 할 수 있지만 오래 알고 지냈다고 하여 신뢰가 보장되는 것은 아니어서 그런지 중국 노나라의 사상가 증자曾子 는 "벗과 사귀는 데 믿음이 있었는가?" 묻고 자신도 그러한지 반성했다고 한다.
또한 이태백은 어려움을 닥쳐봐야 진정한 친구인지 아닌지를 알 수 있다고 보았다.

부처의 말씀을 전하는 아함경은 "맹수는 몸만 다치게 하지만 악한 벗은 마음까지 파멸시키기 때문에 악한 벗을 경계하고 두려워해야 한다"고 강조하고 있다.

탈무드는 친구에 대해 매일 먹는 음식과 같이 꼭 필요한 친구, 아플 때만 먹는 약처럼 가끔 필요한 친구, 누구나 피하고 싶은 질병과 같이 항상 피해야 하는 친구가 있다고 말한다.

그만큼 진정한 친구가 되기도 어렵고 찾기도 매우 어렵다는 뜻일 것이다. 진정한 친구를 얻기 위해서는 먼저 진정한 친구가 되어야만 할 것이다. 나는 누군가에게 진정한 친구가 되어 주고 누군가는 내게 진정한 친구가 되어 주는 그런 아름다운 관계가 모든 분에게 열리길 기원하면서 새해를 마중 나가고 싶다.

소비와 쾌적한 환경 어떻게 양립시킬 것인가

소비가 미덕인 사회에서 필연적으로 대두되는 것이 폐기물 처리 문제일 것이다. 근검절약하던 습관이 점점 줄어들면서 어느 순간, 풍요를 넘어 선 물질 과잉시대에 살고 있다.

대량생산시대에 소비는 미덕일 수밖에 없다. 넘쳐나는 생필품을 소비하면서 쾌적한 환경을 바란다는 것은 모순일지도 모른다.

미국의 생태학자가 쓴 『도둑맞은 미래』에서는 화학물질 남용이 생태계와 인간에게 심각한 위험을 초래하고 인류의 미래까지 위협이 될 것이라고 경고한다.

화학물질이 인간과 동식물들의 체내로 유입되면 내분비계의 이상을 초래해 암을 증가시키고, 암수의 구성비를 바꾸게 하고, 야생동물은 각

행복한 동행

종 질환에 대한 면역력 감퇴로 사망률이 증가한다는 것이다.

건강하고 쾌적한 환경을 원한다면 환경 호르몬이 발생할 수 있는 플라스틱 용기의 사용을 되도록 억제하고, 실내·외에서 각종 살충제나 세정제 등의 사용을 줄여야 한다는 것은 당연한 주장일 것이다.

대량생산 결과로 발생하는 화학물질 중에서도 플라스틱으로 만든 제품은 편리성과 저렴한 가격 때문에 포장재며 의류, 가전제품과 아동용품, 피부각질을 제거하는 세안제와 치약에까지 우리 생활 깊숙이 침투해 있다.

플라스틱은 자연분해가 완전하게 이뤄지는데 450~500년이 걸린다고 한다. 분해되는 데 오랜 시간이 걸리는 것도 문제지만, 시간이 지나면서 마모되고 파손되는 과정에 미세플라스틱이 된다는 데 그 심각성이 있다. 미세플라스틱은 크기가 5㎜ 이하인 것을 말한다. 미세플라스틱이 바다를 떠다니면서 해양 생태계에 큰 문제가 되는 것이다.

식약처 의뢰로 한국해양과학기술원이 굴, 담치, 바지락, 가리비 등을 검사한 결과에서 미세플라스틱이 검출됐다. 최근에 플라스틱 쓰레기를 다량으로 먹고 죽은 바다거북, 목에 플라스틱이 낀 바다 생물들, 플라스틱을 먹이로 알고 먹다가 목숨을 잃은 조류까지 인간의 편리를 위해 만든 플라스틱이 생태계에 치명적인 피해를 주고 있는 것은 물론이고,

우리의 건강까지 위협하고 있다.

　우리가 잠시 빌려 쓰고 후손에게 아름답게 물려줘야 할 자연환경에 대한 훼손 우려를 금할 수가 없다. 국제사회도 플라스틱 발생 억제를 위해 깊은 고민에 빠졌다. 폐플라스틱 발생을 원천적으로 줄이기 위해 미국, 영국, 호주가 일회용 플라스틱 사용을 강력하게 규제하고 나섰다.
　유럽연합도 2030년까지 일회용 플라스틱 사용을 단계적으로 폐지한다는 방침이다. 또 모든 일회용 포장지를 재사용이나 재활용 포장지로 바꾼다고 한다.

　유럽 플라스틱제조자협회에서 발표한 2015년 기준 우리나라 1인당 플라스틱 사용량은 세계 3위다.
　최근에 CNN 방송은 한국 곳곳에 플라스틱 쓰레기가 산처럼 쌓여가는 현상에 대해 한국인의 과다한 플라스틱 사용 중독 때문이라고 지적했다.
　플라스틱 사용량을 줄이는 대책 마련이 시급하다. 지난해는 필리핀에 불법 수출됐던 한국산 플라스틱 폐기물 중 일부가 국내로 반송되면서 국제사회에 불법 쓰레기 수출국이라는 오명까지 남겼다.

　세계적인 환경수도 조성 의지를 밝힌 제주특별자치도는 2012년에 '2020 쓰레기 제로화 섬' 정책을 발표한 바 있다. '쓰레기 제로화 섬' 정책은 쓰레기 발생을 최대한 억제하고, 발생한 폐기물은 전량 재활용하거나 에너지화해 매립을 아예 하지 않겠다는 구상이다.

하지만 도내 생활 쓰레기 발생량은 급증하는 추세다. 쓰레기 매립률도 오히려 늘고 있고, 재활용 비율도 전국 평균보다 낮다. 그나마 다행인 것은 제주특별자치도가 올해 전국 최초로 청정바다 지킴이 192명을 현장에 배치해 해양 쓰레기를 상시 수거해 나가기로 했다는 것이다.

해양쓰레기의 많은 부분을 차지하는 것은 플라스틱뿐만 아니라 넘쳐나는 쓰레기를 줄이고 좀 더 쾌적한 환경을 유지하기 위해서는 쓰레기 발생 자체를 근본적으로 억제할 방안이 함께 마련돼야 함은 물론 제주 도민들의 성숙한 의식과 적극적인 동참 의지가 선결되어야 할 것이다.

이어도 문화의 세계화

이어도와 관련된 설화와 노래는 제주 고유의 전통문화다.

이어도는 아픔도 배고픔도 고통도 없는 이상향으로, 제주인들의 척박한 삶에서 고통을 잊기 위한 정신적인 피난처로 삼았던 전설과 민요 속에 존재해왔다.

제주 사람들은 바다에서 실종된 사람들이 오랫동안 기다려도 돌아오지 않으면 죽었다고 생각하는 것이 아니라 이어도로 갔을 것이라면서 위안을 얻었다.

전통문화는 세계화 시대의 경쟁력이다.

타일러Edward Bur nett Tylor 는 문화에 대해 "문화 혹은 문명이란 지식, 믿음, 예술, 도덕, 법, 관행, 그리고 사회의 성원으로서 획득한 그 외의 다른 능력과 관습을 포괄하는 복합적 총체"라고 정의한다.

　이러한 개념들을 검토하면 이어도에 대한 제주 사람들의 믿음이 생활상에서 드러나고 있는 것을 총체적으로 이어도 문화라고 볼 수 있을 것이다.

　제주발전연구원 제주학연구센터에서 출간한 '이어도 문화의 계승 발전을 위한 정책연구' 보고서에서 "이어도는 제주의 어민들에게 이상향으로 알려졌지만, 문헌보다는 구전되는 내용이 많은 상황에서 이어도 문화의 원형을 정립할 필요가 있다"면서 "이어도 문화는 이어도와 관련된 사회와 사회구성원의 특유한 정신적·물질적·지적·감성적 특성의 총합"이라고 설명하고 있다.

　논쟁의 여지는 있지만, 전설과 민요 속에서 전해져 온 이어도의 모태가 됐을 이어도 수중 암초는 1900년 영국 상선 소코트라_{Socotra}호에 의해 발견돼 세상에 실재를 드러냈다. 이어도 수역은 해상교통의 요충지로 동아시아 국가들에 수년 동안 긴장의 주체가 돼왔으며, 중국과는 배타적경제수역_{EEZ}이 획정되지 않아 갈등이 상존하고 있기도 하다. 이런 상황에서 이어도 문화를 소개하며 해양 갈등을 다룬 국제학술서가 올해 초에 출간됐다.

　올해 영국과 미국에 본사를 둔 세계적인 학술 출판사인 팰그레이브

맥밀런Palgrave Macmillan 사에서 이어도와 관련해 주목을 끄는 한 권의 학술서적이 나왔는데, 『중국, 한국, 그리고 소코트라 암초 분쟁China, South Korea, and the Socotra Rock Dispute』이라는 제목의 책이다. 이 책을 쓴 세난 폭스Senan Fox 교수는 일본 카나자와대학 金沢大学, Kanazawa University 에서 강의하고 있다.

이 책에서 이어도에 대한 전설과 지리 및 지형적 배경에 대해 자세히 설명하고 있다. 이어도에 관해 국제적으로 이렇게 영향력 있게 다룬 책은 당분간 찾기 어려울 것으로 보인다.

세난 폭스 교수가 책을 저술하면서 국립해양조사원의 자료와 함께 이어도연구회의 자료를 많이 참고했다. 이어도연구회를 이끄는 고충석 이사장은 이어도와 관련된 다수의 연구교양서적을 발간해왔다. 이러한 이어도연구회의 노력이 마침내 큰 결실을 맺은 것으로 보인다.

그 옛날 이어도를 보았던 사람들은 어떤 심정이었을까?

이어도가 보일 때는 사람들이 절망에서 희망을 찾을 때였는지도 모른다.

마음속에 이어도를 간직한 사람들에게 이어도는 잃어버린 사람들을 보내지 못한 바람과 슬픔이 섞여 있는 심정이었을 것이다.

제주의 바람과 돌과 바다와 제주 해녀와 같이 이어도는 제주인들이 태어나서 죽을 때까지 함께하는 삶의 여정에서 뗄 수 없는 생의 한 조

행복한 동행

각으로, 제주인의 영원한 이상향으로, 오늘도 제주 사람들과 함께 제주 문화 깊이 살아 숨 쉬고 있다고 할 수 있을 것이다.

과거에 비해 지금은 이어도가 많이 알려지긴 했지만 이어도 문화를 계승 발전시키기 위한 노력이 지속되지 않는다면 문화로서의 가치는 사라지고 말 것이다.

아픔도 배고픔도 고통도 없는 이상향으로 우리 선조들에게 위안을 줬던 이어도가 21세기 해양 주권의 시대를 주도하는 대한민국의 당당한 영토로 전설 속의 의미가 아닌 실존의 섬 이어도로 문화적 가치로서 세계화의 날개를 달기를 희망해 본다.

평화의 경제 가치와 '조선반도의 비핵화' 기념주화

　안전하고 평화로운 국가에 살기를 바라지 않는 사람은 없을 것이다.

　인류 역사를 통틀어 전쟁이 없었던 시기를 찾아보기 힘들 정도로 투쟁과 전쟁이 만연했다. 전쟁을 경험하고, 정전상태에서 전쟁발발 가능성이 높은 국가에 사는 우리 국민들은 가장 나쁜 평화라도 전쟁보다는 낫다는 말에 더욱 공감할 것이다.

　『전쟁의 탄생: 누가 국가를 전쟁으로 이끄는가』를 쓴 존 G 스토신저 John G. Stoessinger 캘리포니아대학 교수가 제1차 세계대전에서부터 미국의 이라크 공격까지 주요 전쟁을 분석한 결과를 보면, 전쟁의 핵심적인 원인 대부분이 지도자의 잘못된 상황 인식 때문이었다.

　스토신저의 논지에 따르면 제1·2차 세계대전, 한국전쟁, 베트남전쟁

등 최근 10개의 전쟁을 분석한 결과에서 많은 경우 전쟁이 지도자의 오인이나 오판으로 일어났다. 전쟁과 평화를 결정하는 지도자의 판단능력은 매우 중요하다. 손자병법에서도 전쟁의 위험을 심사숙고하도록 강조하고 있다. "전쟁은 나라의 중대한 일이다. 국민의 생사와 국가의 존망이 걸려 있다. 그러므로 신중하게 검토하지 않으면 안 된다孫子曰 兵者 國之大事 死生之地 存亡之道 不可不察也."

민주주의 국가 간에는 전쟁이 일어나기 힘들다는 것은 민주화 진전에 따라 국민여론이 국가의 정책결정에 많은 영향을 주고 있기 때문일 것이다. 지도자가 잘못된 판단을 하더라도 오판을 바로 잡을 여론의 힘이 있고 책임을 물을 수 있는 국가에서는 전쟁보다는 끝까지 외교적 해결방법을 모색한다.

한반도 비핵화와 항구적인 평화 정착에 대한 세계인의 관심이 고조되고 있는 가운데 평화가 곧 경제임을 방증하듯 요즘 '평화경제'라는 용어가 심심찮게 거론되고 있다. 경제력은 국가의 힘이고, 국가의 번영과 발전을 위한 경제력은 평화 위에 세울 수 있기 때문이다. 경제력을 키우기 위해서는 평화가 먼저 정착돼야만 할 것이다.

베트남에서 개최된 하노이 정상회담에서는 민수경제라는 용어가 많이 등장했다. 북한은 2006~2017년 유엔안보리로부터 11개의 경제제재를 받았다. 그중 5건이 2016~2017년에 집중됐다. 이 기간은 북한이 핵실험과 미사일 발사실험을 집중해서 한 시기다.

지난 하노이 북미 2차 정상회담에서 북한은 유엔 제재 결의 11건 가운데 2016~2017년 채택된 5건 중에 민수경제와 인민생활에 지장을 주는 항목들만 먼저 해제해달라고 요구하였다. 평화를 위협한 대가로 북한경제의 큰 축을 담당하는 유류와 외화유입, 수출제한 등이 많은 부분 차단됐다. 북한이 국제사회의 평화를 위협할 때마다 유엔 안보리는 북한에 대한 경제제재를 '역대최강'으로 가했다. 국가가 정상 가동되는 데 필요한 경제 부분에 대한 숨통을 꽉 조임으로써 평화를 위협할 때 경제가 얼마나 위협을 받는지를 보여주고 있다.

마음의 평화나 세계평화나 평화로운 상태에 있는 것은 정말이지 축복 중 축복일 것이다.

평화에 이르는 길은 멀고도 험난하지만 평화는 무엇과도 바꿀 수 없는 가치를 지니고 있다. 그래서 인류가 오랫동안 평화를 갈망해 왔고, 끊임없이 추구하고 있는 것이다. 평화에 대한 인식도 많이 변화하고 있다. 과거에는 평화를 원하면 전쟁을 준비하라고 했지만 최근에는 평화를 원하면 평화를 준비해야 한다는 인식도 변하고 있다.

북한 핵 포기의 진정성은 시간이 지나야 알게 될 것이다.

그러나 최근에 북한에서 '조선반도의 비핵화', '세계의 평화와 안전수호'라는 문구가 새겨진 기념주화가 발행된 것을 보면 진정성이 느껴진다. 평화의 경제적 가치를 북한의 지도자들도 깨달은 것일까? 판문점에서 갑작스럽게 미국 트럼프 대통령과 북한 김정은 위원장이 만난 것은 사실상 3차 북미 정상회담이었으며 긍정적으로 평가된다.

남북한과 미국 지도자들의 행보를 보면서 한반도에 평화가 성큼 다가오는 것처럼 느껴진 것은 어쩌면 오랜 분단의 상처를 치유하고 싶은 간절한 염원 때문이 아닐까?

역경 이겨내는 선택은 새로운 도전 기회를 만든다

무엇에 집중하고 무엇을 선정할 것인지에 대한 선택選擇의 문제는 하루의 시작과 동시에 이뤄지고 일생 동안 계속되는 과제라고 할 수 있을 것이다.

무엇을 먹을까, 어떤 옷을 입을까, 이걸 먼저 할까 저걸 먼저 할까, 누굴 만날까, 무슨 일을 할까 등등. 그래서 장 폴 사르트르Jean-Paul Sartre 는 한 마디로 '인생은 선택'이라고 했는지도 모른다.

선택은 가족, 학교, 친구, 직장, 동료 등을 선택할 수 있는 개인의 문제뿐만 아니라 민주국가의 국민이 되거나 아니면 사회주의 국가의 국민으로 살아야 하는 문제, 제국주의 국민으로 살거나 식민국가의 국민으로 사는 문제, 평화로운 국가에 살거나 내전이 끊이지 않는 국가에 살

행복한 동행

아야만 하는 것처럼 태어나는 순간부터 강제되는 것도 있다.

현재를 사는 우리는 실시간으로 쏟아지는 정보의 홍수 속에서 정확한 정보를 바르게 판단해야 하는 선택 과잉 시대를 살고 있다고 할 수 있다.

선택한 정보가 최선인지 아닌지 판단하는 문제는 시대를 막론하고 쉽지 않은 일인데 꿈의 날개를 펼쳐 날아오르기 위해 학업에 정진해 왔던 사회초년생들은 취업, 결혼, 출산, 내 집 마련을 해야 하는 등의 도전과 결단이 필요한 인생 최대 선택의 기로에 직면했다.

그런 상황에서 최근 신한은행이 발표한 '2019 보통사람 금융생활 보고서'의 지난해 20대와 30대 사회 초년생들의 부채 비율이 44%라는 결과는 충격을 주고 있다. 이렇게 부채가 많다면 사회 초년생들이 올바른 선택을 하기는 어려울 것 같다.

시대에 따른 고민은 늘 있어 왔다.

일제 식민 지배 하에서, 전쟁의 폐허 속에서, 가난 속에서, 우리 조상들은 시행착오와 역경을 극복하면서 초고속 경제 성장을 이뤄냈다.

우리 청년들은 우수한 유전자를 가지고 있다. 졸업과 동시에 사회 초년생으로서의 출발은 새로운 도전의 기회를 마주한 것이다.

파울로 코엘료 Paulo Coelho 가 쓴 『연금술사』에는 "무언가를 온 마음을 다해 원한다면 반드시 그렇게 된다는 것이 이 세상의 위대한 진실"이라고 말한다.

마음속에 간절히 염원하는 불씨를 꺼뜨리지 않는 노력이 필요할 듯싶다.

선택한 길이 평탄대로일 수만은 없다. 그럴 땐 간절한 기도의 힘을 써볼만도 한 것 같다.

노아 벤샤 Noah benShea 가 지은 『빵장수 야곱』에서 야곱은 "기도는 길이 없는 곳에 있는 길이며 의식儀式은 기도를 나르는 수레"라고 했다.

간절한 염원이나 기도가 종종 기적을 불러일으키기도 한다.

세계에서 가장 영향력 있는 인물 1위에 오른 바 있는 토크쇼의 여왕이라 불리는 오프라 윈프리는 자신이 쓴 『내가 확실히 아는 것들』에서 "인생에서 중요하지 않은 것들에 파묻혀 즐겁게 사는 것을 잊는 일은 없었으면 좋겠다"면서 "바로 지금이 선택해야 할 순간"이라고 했다. 그리고 "그대로 자리에 머물 것인가, 무대에 나가서 춤출 것인가의 갈림길에 섰을 때, 당신이 춤을 춘다면 정말 좋겠다"고 응원한다.

'연금술사'에서 주인공 산티아고가 현재의 삶에 안주하며 양치기로 남을 것인가 아니면 보물을 찾으러 위험을 감수하며 완전히 새로운 삶에 도전할 것인지를 갈등하다가 문득 깨달으면서 하는 말이 있다.

"산티아고는 어디로든 갈 수 있는 바람의 자유가 부러웠다. 그러다 문득 깨달았다. 자신 역시 그렇게 할 수 있으리라는 사실을. 떠나지 못하게 그를 막을 것은 아무것도 없었다. 그 자신 말고는." 역경지수는 시련이 닥쳤을 때 이에 굴복하지 않고 끝까지 도전해 극복하는 사람이 성공할 가능성이 높다는 이론이다.

'역경을 이겨내려는 선택은 새로운 도전의 기회를 만들어 준다'는 신념을 갖고 열심히 사는 세상의 많은 청년들이 성공하길 기원해 본다.

책 속에서 지혜의 보물찾기

샛노랗게 익은 감이나 귤을 보는 것만으로도 풍성한 수확의 계절이 왔음을 일깨운다. 가을은 지난날 땅에 뿌린 수고를 결실의 기쁨으로 보답하고 있는데 마음과 정신을 풍요롭게 하는 마음 밭을 가꾸는데 우리는 얼마나 많은 시간과 노력을 투자하고 있을까?

흔히 독서는 마음을 살찌운다 하여 마음의 양식이라고 한다. 정신의 자양분으로써 데카르트는 "좋은 책을 읽는 것은 과거의 가장 뛰어난 사람들과 대화를 나누는 것과 같다"고 말했다. 오랜 친분 관계를 유지하지 않고도 인생의 지혜를 빌리거나 조언을 들을 수 있고 희망과 용기를 심어주는 길이 책 속에 있는데도 갈수록 책과의 관계가 멀어지는 것 같아 안타깝다.

의식주를 해결하기 위해 하루의 대부분을 보내야만 했던 시절과 비교하면 천지가 개벽했다고 해야 할 것이다. 교통이 발달하지 않았을 과거에는 목적지를 가기 위해 많은 시간을 이동시간에 들여야만 했고 주방가열기구가 발달하기 전까지는 식사 한 끼를 해결하기 위해 산에 가서 땔감을 해오고 불을 지피고 음식을 조리해서 먹는데 많은 시간과 노동을 필요로 했다.

멀리 떨어진 누군가와 소식을 주고받기 위해서는 수 시간 또는 수 주일이 걸리거나 몇 달 혹은 몇 년이 걸려야만 하던 때도 있었다. 의식주, 교통편, 통신발달, 생활 편리성 향상에 따라 그렇게 많은 시간과 노동을 들여야만 가능했던 일들이 e-메일이나 스마트폰이 대신 처리 해주거나 버튼 하나로 처리가 되는 초특급으로 시간이 단축되는 시대로 진입한 이후 생겨난 여유시간들을 무엇으로 채우고 있을까.

초고속 성장에 따른 문명의 혜택으로 생활의 편리성은 증대됐고 그만큼 여유시간이 많아졌을 법도 한데 현대인들은 여전히 바쁘기 그지없다. 이에 대해 동물학자인 콘라트 로렌츠 Konrad Lorenz 는 오히려 산업화와 상업화로 인간이 직접 바쁜 생활 속으로 뛰어들어가야만 했고 이로인한 경쟁으로 궤양이나 고혈압, 신경쇠약 같은 질병과 불균형적인 삶을 비롯해 진화의 부적응을 불러왔다고 말한다.
불균형적인 삶을 살아가고 있는 현대인들에게 책 속의 감성적이고 삶의 방향을 알려주는 지혜로운 글귀들이 마음속에 자리한다면 삶을 대하는 태도도 좀 더 긍정적으로 바뀌어 마음으로부터 오는 질병의 접근을 차단하지 않을까 싶다.

과거에는 지적인 멋(?)을 부리기 위해서도 두꺼운 책 몇 권을 손에 들고 다니거나 시집을 들고 다니는 모습도 종종 볼 수 있었지만 요즘 책을 든 모습이나 책을 읽고 있는 아름다운 모습을 만나기는 쉽지 않은 것 같다.

문화체육관광부가 발표한 '2017 국민 독서 실태조사'에서 우리나라 성인 10명 가운데 1명은 최근 1년간 단 한 권의 책도 읽지 않은 것으로 조사됐다. 책을 읽지 않는 이유는 '일과 공부를 하느라 바빠서'라고 한다. 우리는 정말로 중요한 일로 책 읽을 시간조차 없이 바쁜 것일까.

"나의 사전에 불가능이란 단어는 없다"는 유명한 말을 남긴 나폴레옹은 생전에 8천여 권을 읽었을 만큼 대단한 독서가로 알려져 있다. 수많은 전쟁터에서 보낸 시간이 결코 적지 않은데도 불구하고 달리는 말 위에서도 치열한 전쟁터에서도 책을 읽었다고 하니 그 노력에 고개가 절로 숙여진다.

서머싯 모옴은 "책 읽는 습관을 붙인다는 것은 인생의 거의 모든 불행으로부터 스스로를 지킬 피난처를 만드는 일"이라고 했고 나폴레옹은 "독서를 통한 폭넓은 지식과 상상력이 나의 힘이었다"고 했다.

소크라테스는 "다른 사람이 고생한 것을 쉽게 자기 것으로 만들 수 있는 것이 책 읽기"라고 했는데 과거와 현재가 만나 세대가 공감할 수 있고 동기부여를 받을 수 있는 책 읽기를 멀리하면서 세대단절도 이뤄지고 있고 삶에 대한 감수성도 예전만 하지 못한 것 같다. 세상의 길잡이가 되어주기도 하며 정신의 자양분으로써 마음을 살찌우는 책 한 권을 올해가 다 가기 전에 만나는 것은 어떨까.

한국과 우즈베키스탄 관계의 미래

　우즈베키스탄은 서쪽으로 투르크메니스탄과 북쪽과 동쪽으로 카자흐스탄, 남쪽으로 키르기스스탄, 타지키스탄, 아프가니스탄과 국경을 접하고 있는 국가로 1991년 8월 31일 구소련으로부터 독립해 국제사회의 일원이 됐으며 한국과는 1992년 외교 관계를 수립했다. 지난해 우즈베키스탄의 아지즈 압두하키모프 Aziz Abdukhakimov 부총리가 제주를 방문하기도 했을 정도로 한국과 우즈베키스탄의 관계는 돈독해지고 있다.

　이미 에너지와 자동차, 섬유, 물류, IT, 금융 등 다양한 분야에서 600개가 넘는 한국 기업이 우즈베키스탄에 진출해 활동하고 있다.

　한국과 우즈베키스탄 정상은 외교 관계를 수립한 이후 2019년까지 16차례에 걸쳐 회담했고 정치와 경제, 사회, 문화, 과학기술, 국제문제

등 모든 분야에서 긴밀하게 협력하는 관계로 발전했다. 한국과 우즈베키스탄은 1992년 수교 후 우호협력관계를 발전시켜 2006년에는 '전략적 동반자 관계'를 수립했고 2019년 4월 19일 정상회담에서 문재인 대통령과 샤브카트 미르지요예프 _{Shavkat Mirziyoyev} 대통령이 '대한민국과 우즈베키스탄 공화국 간 특별 전략적 동반자 관계에 관한 공동선언'에 서명하면서 '특별 전략적 동반자 관계'로 격상됐다.

한국과 우즈베키스탄은 에너지 플랜트 분야에서 성공적인 협력이 추진됐다. 한국은 수르길 가스전 개발 프로젝트를 2015년 완공해 상업생산을 시작했다. 한국과 우즈베키스탄은 점차로 고부가가치 산업과 보건·의료, 과학기술, 공공행정 분야 등에서 협력이 확대되고 있다.

우즈베키스탄은 한국과 우호적인 관계를 심화시키고 있으며 국제규범에 따르는 방향으로 움직이고 있는 것으로 보인다. 헤들리 불 _{Hedley Bull} 을 비롯한 영국학파의 국제사회이론에서는 힘의 분포와 권력정치를 고려하면서 동시에 규범과 제도를 중시해 국제관계를 설명하고 있다.

국제사회이론에서는 무정부 상태에서도 국가들이 공통의 이해와 규범, 규칙, 상호 인식을 공유하고 이를 통해 일정한 질서를 형성하고 있다고 보고 있다. 우즈베키스탄은 헤들리 불의 이론처럼 전형적으로 국가체제의 보존이나 개별국가의 독립성과 대외주권의 유지, 평화유지 그리고 보편적 가치의 보존을 위해 국제질서에 따라 공통의 이해관계와 가치를 인식하고 추구하고 있다고 평가할 수 있을 것이다.

우즈베키스탄이 무력을 기반으로 한 안보에 투자하기보다는 다자협력과 국가의 경제적 발전에 더 치중하고 있으며 주변 국가에 대해 다른 나라들보다는 안보 우려가 적은 것으로 평가된다. 이는 독립국가연합 국가들이 과거 소련체제 하에 있었다는 공통의 경험이 있었기 때문일 것이다.

한국은 우즈베키스탄에서 많은 흑자를 내고 있다. 한국에서 경쟁력이 약화되고 있는 기업들이 우즈베키스탄으로 진출해 우즈베키스탄의 경제에도 도움을 주고 우리 경제에도 도움이 될 수 있는 방안을 찾아야 할 필요가 있다.

이런 노력을 통해 한국과 우즈베키스탄의 교역수지를 줄이는 노력이 있어야 한국과 우즈베키스탄이 상생하며 지속적으로 좋은 관계를 유지할 수 있을 것이다.

또 한국 기업들의 사회적 책임과 현지화 전략에 집중해 우호적인 문화적 경제적 관계 조성에 노력해야 할 필요가 있다. 한국과 우즈베키스탄은 국제규범을 준수하고 지키고 협력관계를 증진시키기 위해 양 국가 간에 발생할 수 있는 잠재적 갈등요소를 관리하고 대응할 수 있도록 방안을 마련하는 것이 필요할 것이다.

한국과 우즈베키스탄은 점차로 고부가가치 산업과 보건·의료, 과학기술, 공공행정 분야 등에서 협력이 확대되고 있는 상황에 알맞은 규범적 정비가 필요하다. 이를 위해 한국과 우즈베키스탄은 다양한 분야에서 협정을 체결하며 제도적 규범을 중심으로 협력이 진행되고 있어 21세기 한국과 우즈베키스탄의 관계는 밝은 전망을 보여주고 있다.

마음의 초상을 담은 격려가 필요할 때

'피부에 와 닿는다'는 말처럼 절실함을 표현하는 말이 또 있을까.

이 말은 특히 자신과 관련이 없을 것 같은 일이 실제로 자신이나 주변에 일어났을 때 더욱 공감되는 말이다. 코로나 19는 그동안 우리가 자유롭게 누리던 일상의 당연한 것들의 많은 부분에 대해 피부에 와 닿을 만큼 두려움과 불편함을 주고 있다.

하지만 우리 국민들은 큰 동요 없이 사회적 거리두기에 이어 생활 속 거리두기를 실천하며 적극적인 동참과 극복 의지를 보여주고 있다. 더불어 코로나 19 극복을 위해 헌신하고 있는 숨은 영웅들에 대한 응원의 말도 잊지 않고 있다.

사회집단의 구성원으로서 사람은 성장하면서 인간관계를 형성하고 사회의 일원이 된다. 인간관계의 시작은 의사소통을 통해 이뤄진다고 할 수 있을 것이다.

의사전달 매개체로서 자기를 표현하는 강력한 수단인 의사소통은 의견이나 생각, 감정 등을 말이나 글자, 몸짓, 음성을 교환하는 상호작용을 통해 이뤄지는 것을 말한다. 이 중에서도 음성으로 전해지는 말은 대단한 힘을 지니고 있다고 할 수 있다.

말 한마디로 천 냥 빚을 갚기도 하며 발 없는 말이 천리를 갈 만큼 전파력도 크다. 가는 말이 고와야 오는 말이 곱듯 부메랑 효과도 크다. 또 밤말은 쥐가 듣고 낮말은 새가 듣는 것처럼 주의가 필요하기도 하며 침묵하는 것이 최상의 언어일 때도 있다.

수많은 말은 과거와 현재와 미래를 잇는 가교 역할을 하기도 한다. 영국의 역사학자 카_{E.H. Carr}가 "역사는 과거와 현재의 끊임없는 대화"라고 한 것처럼 과거로부터 이어져 온 진리의 말은 역사가 되고 이 사회를 비추는 등불이 되기도 하며 희망과 용기를 주기도 한다.

말 속에는 생명력과 교양이 들어 있기도 하다. 성경에 가시 돋친 말은 마음을 상하게 하지만 따뜻한 말은 생명의 나무가 되게 하고 다정한 말은 입에는 달고 몸에는 생기를 준다고 한다.

우리는 평소에 귀는 열고 생명의 나무를 자라게 하는 말을 많이 해야 할 것 같다.

오프라 윈프리는 말에 "치유와 파괴의 힘이 들어 있다"고 했다. 어리다고 초면에 반말을 하거나 어려 보인다는 이유로 혹은 친근함의 표시로 반말을 하는 경우가 있다. 이런 이유로 반말을 하는 사람과 친해지고 싶은 마음이 들기는 쉽지 않을 것이다.

오히려 반말은 상대방에게 친근함을 주기보다는 불쾌감을 주는 경우가 대부분이다. 나이가 많다고 자신보다 어려 보이는 사람에게 무턱대고 반말을 하는 사람에게 존중이나 존경심이 생기지 않을뿐더러 상대방에 대한 반감과 거부감을 불러일으켜 관계를 파괴하거나 상처를 주기도 한다.

최근 아르바이트생 952명을 대상으로 한 설문조사에서도 반말하는 손님 때문에 상처를 받은 경우가 많은 것으로 나타났다. 설문조사에 응한 응답자 10명 중 9명이 고객의 교양 없는 행동 때문에 상처를 받은 경험이 있다고 답했는데 1위가 고객으로부터 반말로 인해 상처를 받았다는 것이다.

나이가 많고 적음에 상관없이 개개인은 누구나 존중받을 권리를 갖고 있는 인격체다. 특히 국민의 권리를 대변하는 정치인의 말은 더욱 신중함과 책임이 요구된다.

폼페이오 미국 국무장관이 "자유롭고 투명한 사회의 특징이자 세계의 본보기"를 보여줬다고 평가한 이번 21대 국회의원선거에서 우리 국민들은 막말 논란으로 구설수에 오른 후보들에 대해서는 투표를 통해 개혁 의지를 표출함으로써 말의 신중함을 일깨웠다.

5월은 '근로자의 날'을 시작으로 '어린이 날', '어버이 날', '유권자의 날', '스승의 날', '성년의 날', '세계인의 날', '부부의 날' 등 유독 사람과 관련된 날이 많다. 서로를 격려하며 고마움과 감사의 말을 할 기회도 많다는 뜻이다.

코로나19 전파 방지를 위해 생활 속 거리두기는 유지하되 마음의 초상을 담은 행복한 언어로 서로를 격려하며 이 위기를 슬기롭게 잘 넘겼으면 한다.

동양의 제네바 '세계평화의 섬 제주'

개인들 간의 갈등을 악화시키는 요인 중의 하나는 서로의 의중을 정확하게 알 수가 없다는 점이다. 상대의 속마음을 알 수 없고 서로를 신뢰할 수 없으므로 갈등과 분쟁이 증폭되어 파국으로 치닫게 되는 것이다. 이와 마찬가지로 국가 간에도 상대국가의 의도를 파악하기가 어렵다. 상대의 의도와 능력을 정확하게 파악하기 힘든 상황에서 나누는 국가 간의 외교적 대화는 국익을 놓고 진행하는 또 다른 형태의 전쟁이라고 해도 과언이 아닐 것이다.

토머스 홉스Thomas Hobbes가 주장한 '만인에 의한 만인의 투쟁'은 국제정치 무대에서 다반사로 일어나는 일이다. 국제정치 무대는 국익을 우선하는 국가들이 생존을 위한 치열한 투쟁의 각축장이다. 국가들은 자국의 생존을 위해 안보를 최우선으로 하여 움직일 수밖에 없다.

행복한 동행

현실주의 국제정치에서는 국제사회를 무정부 사회라고 본다. 국제사회에서는 개별 국가가 중대한 국제범죄 행위를 하더라도 처벌할 상위의 권력이 없기 때문이다. 권력투쟁의 장인 국제사회는 주권 국가들이 국익을 놓고 끊임없이 의심의 눈초리로 서로를 경계하며 국가 이익을 지키려 혈안이 되어 있고 폭력 사용도 주저하지 않는 경우가 많다. 그러므로 국제분쟁은 대화로 해결하는 것이 가장 이상적일 것이다. 대화가 결렬되면 무력이 등장하기 때문이다.

현실주의 국제정치이론에서는 국가들이 서로 협력하는 것이 이익이라는 것을 인정하지만 상대가 얻는 이익이 더 클 때 협력을 하지 않는다고 본다. 북핵 문제, 아시아공동체 건설 등과 같은 외교적 난제들이 쉽게 해결되지 않는 것도 이런 상대적 이익이라는 계산이 저울질 되고 있기 때문이다.

세계 제2차 대전 이후 가장 치열했던 전쟁으로 알려진 베트남 전쟁 시기에 미국과 베트남은 전쟁을 중단하기 위한 비밀평화협상을 여러 차례 시도했지만, 상대방의 의도와 능력을 알 수 없었기에 상호불신으로 평화협상은 실패하였다. 베트남 전쟁이 치열했던 1965년에서 1968년 사이에 미국은 북베트남과 비밀 평화협상을 하려고 하였는데 협상이 성공하였다면 58,000명의 미국 병사들과 200만 명 이상의 베트남 병사들과 민간인들의 희생을 막을 수도 있었을 것이다. '메리골드 Marigold'라는 암호명이 사용되었던 미국과 북베트남 간의 평화회담은 미국, 폴란드, 이탈리아 그리고 북베트남 간에 1966년 시작되었으나 무산되어버리고 말았다. 실패의 가장 큰 요인은 상호불신이었지만 협상의 장소도 마땅찮았다. 유능한 외교관들과 함께 안전한 회담 장소는 국제사회의 평화를 유지하는 데 중요한 요소일 것이다.

스위스의 제네바는 인구 18만 명 규모의 작은 도시이지만 세계무역기구WTO 본부라든가 유엔유럽본부, 국제적십자 본부 등 22개의 국제기구를 비롯하여 250개의 비정부 기구가 위치해 있는 국제도시이자 관광도시이며, 국제회의가 가장 많이 개최되는 곳이다. 1954년에 한국전쟁 종식과 한반도평화협정에 대한 논의와 프랑스령 인도차이나의 평화유지에 대한 논의가 제네바 협정Geneva Accords에서 논의된 바 있는데 스위스는 중립국가라는 인식이 있어 평화 합의에 대한 담론의 장으로써 '평화지대'라는 강점이 있다고 볼 수 있다.

이런 점에서 '세계평화의 섬 제주'라는 타이틀은 더없이 좋은 평화담론의 장이 될 수 있을 것이다. 세계평화의 섬 제주가 제네바에 못지않은 국제협상의 선택지가 되기를 바란다. 그러기 위해서는 안전하고 접근성이 용이하여야 할 것이다.

세계적인 평화담론의 장이 되기 전에 우선 동북아 대화의 허브, 아시아의 평화 소통채널로서 신뢰 구축의 장이 되도록 제주는 평화적인 문화가 성숙된 '평화' 토양을 충분히 배양시킨 안전한 지역이 되어야 할 것이다. 제네바처럼 세계적인 평화담론의 장場이 되어야 제주가 진정한 '평화의 섬'으로 발전할 것이다.

'세계평화의 섬 제주'와 미래를 바꾸는 신사고

　국제정치 현상을 설명하는 현실주의적 이론, 이상주의적 이론, 구성주의적 이론에 근거해 '세계평화의 섬 제주'의 발전 방향을 검토하고 각각의 이론에 대한 장단점을 분석하는 것은 매우 중요하다.

　이상주의자들의 시각에서 '세계평화의 섬 제주'가 추진해야 할 중요한 역할은 첫째 원활한 국제협력을 촉진할 수 있는 이론적 토대를 쌓는 것, 둘째 국제교류협력을 촉진하는 활동이 될 것이다.

　국제공동체가 원활하게 협력하기 위해서는 합의된 국제규범과 국제기구의 역할이 매우 중요하다. 자유주의적 교역을 촉진하기 위한 우루과이 라운드 다자간 협의 이후 세계 무역 질서를 이끌어 가고 있는 다자간 무역 기구인 세계무역기구wTO가 위기를 맞이하고 있다. 세계무역

기구wTo는 모든 무역장벽을 허물자는 '신자유주의적 세계화'를 바탕으로 설립된 국제기구이다. 신자유주의자들은 자유 교역이 시장 개방과 관세 인하를 촉진해 값싸고 양질의 식량을 공급하므로 식량안보를 강화할 것이라고 본다.

그러나 '코로나 19(신종 코로나바이러스 감염증)' 사태로 검역장벽이 높아지면서 국제적인 식량 교역이 원활하게 이뤄지지 못하고 있다. 또 미국도 과거처럼 자유주의적 교역을 적극적으로 지지하지 않는 것으로 보인다. 이런 상황에서 유명희 산업통상자원부 통상교섭본부장이 세계무역기구wTo가 적절성relevant과 회복력resilient, 대응력responsive을 갖춘 기구로 거듭나야 한다는 점을 강조하며 세계무역기구wTo 사무총장에 출마했다. 아직 '세계평화의 섬 제주'에서 유 본부장이 제기한 문제점들을 보완해 세계의 정치 경제적 흐름을 주도하는 정책적 대안을 내놓을 수 있는 역량을 갖추지는 못한 것으로 보인다.

그렇지만 불가능한 것도 아니다. 관과 민이 협력해 연구역량을 키우도록 노력한다면 미래에 세계적으로 영향을 주는 연구성과들이 나올 수 있을 것이다. 제주도의 대표적인 연구기관들인 제주대학교와 제주연구원, 제주평화연구원을 비롯한 민간 연구소들이 평화연구를 지속한다면 좋은 성과를 낼 것이다.

제주통일미래연구원에서 유럽 동북부 발트해 연안에 있는 발트 3국으로 해외연수를 간 적이 있었다. 2018년 발트 3국 중의 하나인 리투아니아공화국 Republic of Lithuania의 한 대학 교정에 걸려 있는 배너banner 글귀가 마음을 벅차게 하였던 기억이 떠오른다. 빌뉴스 대학교Vilnius University 교정에 걸려 있던 배너에는 '미래를 바꿀 수 있는 한 생각 one idea to change the future'이라는 글귀가 쓰여 있었다. 그 글귀를 보면서 '세계평화의 섬 제주'에서 누군가의 한 생각이 미래를 바꾸고 세계의 대조류를 변화시킬 수도 있지 않을까 하는 생각이 들었다. '세계평화의 섬 제주'는 이러한 관점에서 국제공동체가 상생하며 협력할 수 있도록 하는 이상주의적 시각의 연구를 지속해야 한다.

다자협력을 위한 이론적 토대를 쌓는 것에 못지않게 다자협력의 실행도 중요하다. 다행히도 제주에는 유엔훈련연구기구UNITAR 제주국제연수센터가 2010년에 설립돼 활동해 왔으며 2018년에는 한국국제교류재단 Korea Foundation도 이전돼서 다양한 국가들과 교류 협력 활동을 하고 있다. 근대시대의 가장 뛰어난 저작인 이마누엘 칸트의 '영구평화론'의 이상을 실현하는데 '세계평화의 섬 제주'가 큰 역할을 할 수 있어야 한다.

외교부, 제주도 그리고 국제평화재단이 유기적이고 효율적으로 협력해 '세계평화의 섬 제주'를 발전시키는 것이 필요하다. '세계평화의 섬 제주'가 최소한도로 공공외교라는 부문에서는 한국의 대외 외교를 주도할 수 있어야 한다. 제주라는 지방의 한계를 넘어서 한국의 외교 더 나아가 세계평화 외교에 이바지하는 날이 오기를 고대한다.

칸트적 문화의 아나키와 '세계평화의 섬 제주'

국제정치 현상을 설명하는 현실주의적 시각과 자유주의적 시각에서 '세계평화의 섬 제주'에 대하여 앞에서 검토하였는데 이번에는 구성주의적 시각에서 논의하고자 한다.

개인들이 모여서 집단을 이루고 국가를 건설한다. 이 국가들이 모인 것이 국제사회이다. 국제사회에서 국가들이 움직이는 역동성을 살펴보면 예측이 가능한 것들도 있고 설명하기 어려운 현상들도 나타난다. 가령 국가들이 경제적 이익을 추구하고 군사력을 강화하려고 한다.

국제사회에서는 자신의 능력 말고는 궁극적으로 믿을 수 있는 것이 없으므로 자연스러운 현상이다. 공세적 현실주의자인 미국 시카고대의 존 미어샤이머 교수의 주장처럼 다른 국가의 의지가 꼭 선의를 가진

것은 아니므로 국가는 서로를 두려워하고 있다. 즉, 무정부 상태anarchy
인 국제사회에서 국가들은 상대방의 의도를 알지 못하기 때문에 생존
을 위해 국방력을 극대화하고자 한다. 이런 상태에서는 긴장이 높아지
고 언제 충돌할지도 모른다. 그럼에도 불구하고 국가들은 협력하기도
한다. 또한, 어떤 국가는 적대적이고 어떤 국가들은 우호적이다. 이를
어떻게 설명해야 할까? 알렉산더 웬트Alexander Wendt 는 구성주의로 이를
설명하고 있다.

알렉산더 웬트는 국가들이 국제사회의 구조structure를 어떻게 이해하
는가에 따라 국가의 정체성이 형성되며 이런 국가 간의 상호 행위와 인
식의 결과로 변화된 정체성이 형성된다는 것이다. 알렉산더 웬트는 구
성주의를 설명하면서 흥미로운 사례를 들고 있다. 가령 모든 국가가 다
른 나라의 핵무기를 두려워한다면 그 규모에 따라서 두려움도 비례하
여야 한다. 그러나 미국은 500기의 영국 핵무기보다 5개의 북한 핵무기
를 더 두려워한다는 것이다. 이것은 미국이 북한을 위험한 국가로 인식
하고 있으며 영국은 신뢰할 수 있는 국가라고 인식하기 있기 때문이다.
이런 점에 주목하여 알렉산더 웬트는 국가 간 상호 행위의 변화에 따
라 국가 간의 인식도 변화될 수 있다고 보는 것이다.

국제사회가 무정부적인 사회이지만 '국제적 무정부 상태의 문화culture
of anarchy'는 다른 국가를 적으로 간주하는 홉스적 문화의 아나키Hobbesian

culture of anarchy, 경쟁자로 간주하는 로크적 문화의 아나키Lockean anarchical society, 친구로 간주하는 칸트적 문화의 아나키Kantian Culture of anarchy로 구분할 수 있다. 동북아는 불신과 증오의 기억으로 가득 차 있다고 해도 과언이 아닐 정도로 관계가 좋지 않다. 그렇지만 구성주의적으로 본다면 국가의 성격은 불변하는 것이 아니고 상호 행동을 주고받으면서 국가의 성격도 바뀐다고 본다. 영국과 미국이 전쟁도 불사하다가 우호적인 관계로 바뀐 것을 고려해보건대 동북아의 국가들도 우호적으로 변화할 수 있을 것이다.

홉스적 문화에서는 서로 불신하고 협력이 어려우며 로크적 문화에서는 경쟁적이지만 공통의 이익이 있다면 협력과 공존이 가능하다. 칸트적 문화에서는 상호신뢰와 협력을 할 수 있으며 영구평화를 향하여 나아갈 수 있다.

'세계평화의 섬 제주'는 동북아의 홉스적 성격이 강한 구성원들의 정체성을 칸트적 성격을 지닌 구성원들로 바꾸는 데 이바지할 수 있을 것이다. 제주에서 동북아 청년들 교류의 기회를 제공하는 여러 가지 프로그램들이 실행되고 있다. 좀 더 폭넓은 인적교류와 상호 이해는 구성주의적 시각에서 동북아의 평화를 공고화시킬 것이다.

'세계평화의 섬 제주'가 주도적으로 도시 간 연대와 비정부기구 간의 교류 활동을 통해 신뢰구축 및 우호증진 활동을 꾸준히 하여야 한다.

행복한 동행

그렇게 되면 머지않아 동북아의 도시에서 지방에서 그리고 결국에는, 동북아 국가 간에 신뢰를 형성하고 적대감을 완화하며 협력을 증진하는 중요한 역할을 하게 되는 것이다.

세계를 통합하는 한류, 어디까지 진화할까?

흔히 음악을 만국 공통 언어라고 한다. 그 나라의 언어를 몰라도 음악을 들으면 그 속에 녹아있는 슬픔과 기쁨, 즐거움과 행복한 감정을 공유할 수 있어 마음의 장벽을 허물기 때문일 것이다. 오랫동안 클래식이나 해외 팝이 주류를 이루던 글로벌 음악 시장의 드높은 진입 장벽을 K-pop이 뚫고 세계인들의 감성을 사로잡고 있다. 더불어 K-드라마, K-뷰티, K-푸드, K-방역까지 광범위하게 한국문화가 집중적으로 조명받고 있다.

최근에 시선을 끄는 사진을 보았다. 외국 청년들이 한글로 '우리는 평화를 원한다', '전쟁을 멈춰라'라는 팻말을 들고 있는 모습이다. 사진만 보았을 때는 한국에 살고 있고 한국어를 조금 할 줄 아는 외국인이 평화 메시지를 한글로 전하는가 싶었다. 뉴스를 찬찬히 읽어보니 이름도 생소한 아제르바이잔과 아르메니아의 청년들이 자국이 처한 현재 상황을 전 세계에 알리고자 평화를 촉구하는 메시지를 한글로 쓰고 SNS에 올린 것이다.

국경을 맞대고 있는 아제르바이잔과 아르메니아는 그동안 영토와 종교 자원을 놓고 크고 작은 무력충돌을 지속해 왔으며 이 과정에서 많은 민간인이 희생되는 피해를 봤다. 이에 양국 젊은이들이 한국의 방탄소년단 BTS과 BTS 팬클럽인 아미의 여론을 움직이는 글로벌 영향력을 통해 전 세계에 평화의 메시지를 촉구하고자 나선 것이다.

아제르바이잔과 아르메니아는 지난 10월에 세 차례나 휴전에 합의했었다. 하지만 휴전 합의를 무시한 채 곧바로 교전을 지속해 왔다. 다행스럽게도 최근 아제르바이잔과 아르메니아가 전쟁 중단에 관한 합의에 서명하면서 평화를 찾게 됐다고 한다. 이번 합의는 러시아의 중재로 이루어진 것이라고 한다. 결과야 어떻든 한국어로 평화 메시지를 알리려고 시도했다는 것만으로도 대한민국의 드높은 위상과 더불어 문화 강국의 면모를 실감했다.

백범 김구는 "오직 한없이 가지고 싶은 것은 높은 문화의 힘"이라며 "문화의 힘은 우리를 행복하게 하고 나아가서 남에게도 행복을 주기 때문"이라고 했다. 높은 한국 문화의 힘은 외국에 나가보면 더욱 분명하게 느낄 수 있다. 한국어로 된 표지판이나 한국 기업제품을 공항이나 호텔, 도시 곳곳에서 마주할 때마다 '한국 브랜드 가치가 이렇게 높아졌구나! 우리나라 국격이 이렇게 높아졌구나' 싶어 자부심이 들곤 한다.

문화교류는 정치 이념을 떠나 부드럽게 감성을 파고들어 선한 영향력을 발휘하기도 한다. 국가 간에 정치적으로 예민한 시기에는 정치적으로 민감한 사안은 빼고 비정치적인 분야의 협력을 통해 어느 정도 평화분위기가 조성되면 민감한 분야에 관한 대화를 나누기가 수월해지기도 한다. 인적·물적·종교·문화교류와 같은 비정치적인 분야의 교류협력을 이어가다 보면 긴장해소가 되어 좀 더 부드러운 분위기에서 상호협력 방안을 논의할 수도 있게 되는 것이다. 그중에서도 단연 문화교류는 긴장된 분위기를 완화하는데 탁월한 진정제라고 할 수 있을 것이다.

단적인 예로 한국과의 관계에서 마찰음이 끊이지 않는 일본 국민들조차도 한국은 싫지만 한국의 K-POP이나 드라마, 영화, 화장품에 대해서는 최고라는 인식을 하고 있다고 한다.

긍정적 이미지는 우호적인 감정으로 연결되기도 한다. 해외에서 돌풍을 일으키고 있는 방탄소년단 영향으로 해외 현지 초·중등학교에서 한국어를 배우는 학생이 5년간 58.4%나 증가했고 한국어를 가르치는 학교도 같은 기간 24개국 1,053개교에서 28개국 1,495개교로 증가했다고 한다. 한국문화가 문화강국의 면모를 유감없이 발휘하고 있다. 위기마다 똘똘 뭉쳐 단합된 힘을 보여주는 한국문화의 저력이 엿보인다. 요즘 한국문화의 르네상스를 경험하고 있는 것 같다. 세계를 통합시키는 한국문화의 힘 어디까지 진화할지 기대된다. 정말 자랑스럽다.

'집'의 가치를 재발견하다

　코로나 19 팬데믹으로 사회적 활동이 제한되면서 집의 다양한 가치가 재조명되고 있다. 수면뿐만 아니라 재택근무까지 하여야 하는 장소가 되고 있다.

　이러한 변화를 반영하여 TV에서는 집 관련 프로그램이 쏟아지고 있다. 집을 구하는 사람들의 재정 상태를 토대로 대신 집을 구해주거나 기존 주택을 리모델링하거나 혹은 집주인의 안목과 취향을 반영하여 만든 창의적인 아이디어가 돋보이는 주택을 소개하고 있다.

　불필요한 짐들을 정리하여 집의 가치를 재발견하는 프로그램들이 시청자의 눈길을 붙잡고 있는 것은 다양한 활동을 하며 만족감을 더하기 위해서일 것이다.

한 곳에 정착해 오래 사는 정주의 개념으로서 집은 개인적인 추억과 기억이 집약된 곳이라고 할 수 있다. 인간이 생활하는데 기본요소는 의식주衣食住인데 이 중에서 '주'住는 사람 인人자와 주인 주主가 결합한 것으로 인간이 일정한 곳에 머무른다는 의미로 우리가 살아가는 데 매우 중요한 요소라고 할 수 있다.

그러나 현대생활은 집 밖에서 분주하게 활동하게 만들었고 집은 수면 중심의 장소가 되고 있었다. 주거공간인 집은 그동안 머무는 시간이 짧아지면서 활동 무대로서는 관심 밖으로 밀려날 수밖에 없었다. 집은 단지 잠시 휴식을 취하고 자는 공간으로서만 존재했다고 해도 과언이 아니었다.

먹고 사는 데만 급급했던 과거와 달리 소득수준이 높아지고 가족 구성원의 생활특성을 고려하여 집을 꾸미고 가꾸는 여유가 생겨나고 있던 상황에서 코로나 19에 따른 사회생활의 제약으로 집에 머무는 시간이 많아지면서 집에서의 안락함과 행복을 추구하는 방안들을 찾게 되면서 집을 꾸미고 가꾸는 일상이 새로운 주거문화의 흐름으로 발돋움하고 있다.

최근 사회적 거리두기 여파로 밖에서 활동하지 않고, 주로 집에서 놀고 즐긴다는 의미의 '홈 루덴스족'이라는 신조어가 생겨난 것은 과거에는 예측하기 어려웠던 일이다. 홈 루덴스 Home Ludens 는 집을 뜻하는

'홈'Home과 유희나 놀이를 뜻하는 '루덴스'Ludens를 합친 것으로 자신만의 취향에 맞춰 집을 꾸미고 행복과 만족을 얻는다는 것인데 이런 것들이 외부활동이 제한되면서 가족들과 함께하는 집에서의 삶의 질을 높이려는 사회적 분위기와 맞물려 자리를 잡아가고 있다.

집의 용도가 안식처와 휴식처뿐만 아니라 재택근무지로서, 또한 스포츠와 취미활동을 하는 축소된 사회적 공간으로까지 기능이 확장되고 있다.

한편으로는 지친 몸을 누이고, 피로를 풀고, 세상에서 가장 편한 모습으로 쉴 수 있는 보금자리여야 할 집이 짐이 되고 있다. 집값을 잡기 위한 대출 규제니 다주택자에 대한 세금부담 등 다양한 부동산정책에도 아랑곳하지 않고 하루가 다르게 치솟는 전셋값과 집값은 집을 구매하려는 이나 처분해야 할 이들에게 짐이 되고 있기도 하다.

요즘처럼 전 인류를 공포에 떨게 하는 코로나 19라는 복병 앞에 사회적 고립은 가속화되고, 인간적인 교류에도 장벽이 쳐지고 있어 스스로 마음을 행복하게 만드는 훈련이 필요한 시기에 집의 역할은 재택근무지와 안식처로서뿐만 아니라 외부의 각종 위험요소로부터 안전을 지켜주는 공간으로서도 기능하고 있다.

잊지 말아야 할 중요한 사항은 집은 다수의 개성이 존중되고 조화를 이루어야 하는 무형의 소중한 가치가 있어야 한다는 것이다. 더 많은 배려 속에 더 많은 기쁨과 행복이 깃든다. 안식과 위안을 주는 친밀한 가족공동체의 공간인 집에서 평화가 시작되고 사랑이 이어지고 행복이 깃든다면 그 힘은 사회에도 긍정적인 영향을 줄 것이다.

'집 안 좁은 건 살아도 마음 좁은 건 못 산다'라는 말이 있다. 가족과 함께하는 공간으로서 집에 머무는 시간이 많아지는 요즘 마음의 집 평수를 넓히는 성찰의 시간으로 집의 가치를 재발견해볼 일이다.

봄날의 햇빛과 꽃이 위안을 주기를

지천에 형형색색 꽃들의 개화로 사월을 황홀하게 보냈다. 오월을 계절의 여왕이라 하지만 기후변화로 꽃피는 시기가 앞당겨졌는지 사월이 여왕의 자리를 차지한 것 같다. 꽃을 보면서 얻는 행복은 계절과는 별 상관은 없는 것 같지만 봄에 피는 꽃들은 좀 더 반갑게 느껴지고 행복감도 더 큰 것 같다. 일제히 약속한 듯 활짝 피어나는 꽃들은 어디든 축제장으로 탈바꿈시킨다. 움츠리게 했던 겨울의 냉기를 뚫고 새싹이 돋아나고 온갖 꽃들이 활짝 꽃망울을 터트리기 시작하면 환영받는 느낌이 든다. 환영받는다는 것은 기쁨과 더불어 행복감을 준다.

지난해 벚꽃이 가을에 피었다는 소식이 뉴스를 탄 적이 있다. 지난여름 끝 무렵에 몇 번이나 찾아온 태풍 영향이라고 했다. 계절에 상관없이 꽃소식은 언제나 반갑다. 그중에서도 봄꽃이 유독 반가운 것은 추운 겨울이 다 지나갔다는 것을 뜻하기 때문일 것이다.

봄꽃은 희망의 응답 같기도 하고 긴 겨울 추위를 용감하게 이겨낸 사람들에게 보내는 격려 같기도 하다. 그래서 꽃피는 봄에 대한 기대도 크고 핀 꽃을 보면 참 반갑다. 축하의 폭죽처럼 꽃들이 순식간에 피어났다가 며칠 만에 지더라도 오래도록 사람들 마음속에 남아 큰 위안이 되어 준다고 믿는다. 존재 자체만으로도 위안이 되는 그런 사람도 꽃처럼 아름답게 느껴진다. 슬픔도 아픔도 기쁨도 함께 해주는 사람도 꽃처럼 예뻐 보인다.

슬픔을 나누는 곳에도 꽃은 함께 하지만 축하의 자리에 꽃은 주인공을 돋보이게 하고 축하의 순간을 더욱 돋보이게 한다. 꽃을 가꾸면서 마음을 치유하기도 하며 우리 삶의 중심부가 아닌 주변을 아름답고 화사하게 하고 교훈을 주기도 한다.

그중에서도 연꽃은 깨끗함과 고결함을 상징하는 꽃으로 사랑받고 있는데 진흙에서 자라고 피어나지만 더러움에 물들지 않고 고결함을 유지하기 때문인데 중국 송나라 주돈이는 '애련설愛蓮設'에서 "연꽃을 진흙에서 나왔으나 더러움에 물들지 않고 予·獨愛蓮之出於泥而不染(여독애련지출어니이불염)/맑은 물결에 씻겨도 요염하지 않다 濯淸漣而不妖(탁청련이불요)/속은 비었으나 밖은 곧으며 中通外直(중통외직)/덩굴은 뻗지 않고 가지를 치지 아니하며 不蔓不枝(부만부지)/향기는 멀어질수록 더욱 맑다 香遠益淸(향원익청)"면서 연꽃을 꽃 가운데 군자라 칭하기도 하였다.

꽃이 주는 의미는 아름다움뿐만이 아니라 평화를 상징하거나 비폭력, 사랑이나 관심 등 다양한 의미로 해석될 수 있는데 민주화를 위한 국민들의 평화적인 열망이 꽃과 연결 지어 나타나기도 한다.

꽃과 혁명은 다소 어울리지 않는 조합같이 보인다. 하지만 꽃이 혁명과 연계되었을 때는 대체로 무혈혁명이나 비폭력적인 성격을 띤다. 조지아에서 2003년에 대규모 혁명이 일어난다. 예두아르트 셰바르드나제 대통령 당시 부정부패가 극에 달하고 국민들의 불만도 극에 달한다. 이런 상황에서 장기집권을 위한 부정선거에 대통령이 개입했다는 정황까지 더해지자 참다못한 시민들이 대통령 퇴진과 재선거를 요구하는 대규모 시위를 벌인다. 장미를 들고 피 한 방울 흘리지 않고 평화적인 시위를 통해 새 대통령을 선출한 데서 장미혁명이라 불린다.

유명순 서울대 보건대학원 교수 연구팀이 '2021년 한국 사회의 울분 조사'를 통해 국민 58.2%가 중간moderate 또는 심한severe 수준의 울분을 겪는 '만성적인chronic 울분' 상태에 있다고 밝혔다. 개인의 정신건강은 사회의 정신건강과도 밀접하게 연결되어 있다. 모든 것은 흘러간다. 지나치게 현실에 집착하지 말고 자연법칙에 따라 피고 지는 꽃을 보면서 복잡한 생각들을 잠시 내려놓고 자신을 행복하게 하는 시간을 가져보는 것도 의미 있는 시간이 될 것이다. 한 걸음 물러서서 자연의 아름다

움에 젖어 보기를 바란다. 봄날의 햇빛과 꽃들이 당신의 아픈 마음을
달래주고 어루만져 주기를 기원한다.

제 3 부

식량안보의 빛과 그림자

충분한 식량을 확보하는 것은 인류의 생존 문제인 동시에 우리 국민의 생존 문제와 직결된다. 우리는 식품류 대부분을 가까운 슈퍼나 시장 또는 온라인 구매를 통해 손쉽게 얼마든지 구매할 수 있는 풍요로운 환경에 살고 있다. 그래서 식량 부족이 얼마나 큰 위협이 되는지에 대하여 크게 우려하지 않으면서 살고 있다.

2021 코로나19 봉쇄 상황에서 식량 주요 수출국들이 수출을 중단하면서 일부 국가들이 식량안보 위기에 내몰린 바가 있다. 우리는 이를 반면교사로 삼아야 할 것이다. 식량안보의 위기는 국가를 취약하게 할 수 있기 때문이다.

'식량안보'는 양질의 식량을 자국민이 필요할 때 언제든 충분히 확보하고 공급할 수 있는지가 관건이라고 할 수 있다. 연합뉴스 자료에 따르면 이코노미스트 인텔리전스 유닛EIU이 발표한 '2019 글로벌 식량안보 지수GFSI'에서 조사 대상 113개국 중 한국은 29위로 비교적 안전한 국가에 속하지만, 곡물 수입이 일부 국가에 편중돼 있어 위급 상황 발생 시 식량안보에 취약할 수 있다고 지적한 부분은 눈여겨볼 만하다.

농림축산식품부의 2019년 기준 자료에 따르면 우리나라의 국내 곡물 자급률은 21% 수준으로 OECD 국가 중 최하위에 속하고, 수입 의존도는 매우 높은 것으로 나타났다. 쌀을 제외한 곡물 대부분을 수입에 의존하고 있는 것이다.

수입 의존도가 높으면 식량안보가 위태로울 수 있다. 곡물을 수출하는 국가는 자국 내 농업 생산량이 저조해지면 자국민을 우선순위로 둬야 하기 때문에 수출을 제한할 수밖에 없게 된다. 적절한 식량 공급이 이루어지지 않는다면 수입 의존도가 높은 국가는 생존 위기에 직면할 수밖에 없게 된다. 식량안보가 불안정해지며 식량은 무기가 될 수도 있다.

식량안보와 관련하여 논의할 때 아프리카 북부 지중해에 있는 튀니지에서 2010년 12월에 발생한 민주화 운동인 '아랍의 봄 Arab Spring' 사건이 종종 거론된다.

사건의 발단은 대학을 졸업했지만, 취직을 못 한 청년이 무허가로 과일 노점상을 하던 중 경찰 단속에 걸려 과일 좌판을 빼앗기면서 시작된다. 좌판을 빼앗긴 청년은 항의하기 위해 시청에 찾아가지만 거절당하자 분신자살을 시도하고 결국 사망한다. 이 소식이 SNS를 통해 전국에 알려지면서 대규모 시위가 촉발된다.

대규모 시위가 발생한 이면에는 장기 집권한 독재정권에 대한 분노가 일촉즉발인 상황이었고, 청년실업 문제와 물가 폭등, 빈곤에 따른 시민들의 분노가 극에 달해 있는 상황이 있었다. 여기에 과일 노점상 청년의 억울함이 결부되면서 대규모 시위의 불씨를 댕긴 것인데 전문가들은 식량 수입의존도가 높은 튀니지의 식량안보와도 밀접하게 연결되어 있다고 말한다.

튀니지는 러시아에서 밀을 주로 수입하였는데 2010년 러시아에 최악의 가뭄이 발생하여 밀 생산량이 대폭 감소한다. 러시아의 작황 악화는 곡물 가격 폭등으로 이어졌고 수출도 금지한다. 이미 국내 여러 가지 문제로 국민들의 삶이 피폐해진 상태에서 곡물 수입 차질로 식량가격 폭등이라는 직격탄을 맞은 튀니지 국민들에게 과일 노점상 청년 사건은 그동안 억눌렸던 분노에 도화선으로 작용한 것이다. 식량 수입 의존도가 높으면 얼마나 큰 위험성이 도사리고 있는지를 보여주는 예라고 할 수 있다.

최근에 우리나라 일부 지역단체에서 농산물 수급 안정을 위해 농산물의 선순환체계를 구축하고 지역주민의 먹거리 기본권 보장을 위한 '먹거리 기본 조례 제정'을 추진하고 있다는 소식은 한편으로는 다행스럽다는 생각이 들기도 한다.

식량안보 차원에서 안정적인 식량 수급 방안 마련을 위해 지혜를 모아야 할 때다. 제주지역에서도 농지를 불법 전용하고 훼손하는 일은 적극적으로 방지하여야 할 것이다. 곡식 한 톨, 푸성귀 한 잎에도 농업인들의 애정과 노력이 스며있다는 것을 생각하며 존경과 감사를 잊지 않으려 한다.

가장 아름다운 이름 어머니, 그리고 모성애!

동서양을 막론하고 세상에서 가장 아름답고 가슴 뭉클해지는 단어는 '어머니'일 것이다.

영국의 한 기관에서 전 세계 101개국을 대상으로 세상에서 가장 아름다운 단어를 조사한 결과에서도 1위가 '어머니'였다는 것을 보면 어느 곳에 살든 사람의 마음은 별반 다르지 않은 것 같다.

희생의 상징이기도 하며, 모든 것을 다 내주고도 더 줄 게 없나 하는 모성의 발원지 '어머니'라는 이름은 그 이름만으로도 가슴이 먹먹해지곤 한다. 어머니와 모성애는 바늘과 실처럼 뗄 수 없는 관계라고 할 수 있을 것이다.

모성母性의 사전적 의미는 '여성이 어머니로서 가지는 정신적, 육체적 성질'이라고 되어 있다. 모성에 대해 인간의 본성이라는 주장과 사회적 산물이라는 주장도 있는데 "여성은 태어나는 것이 아니라 여자로 만들어지는 것"이라며 남성 중심사회에 경종을 울린 실존주의 철학자 시몬 드 보부아르는 자신의 책 『제2의 성』에서 "모성은 여성을 노예로 만드는 가장 세련된 방법"이라고 비판하면서 논란을 불러일으키기도 하였다.

보부아르는 남성 중심의 사회규범이 여성을 모성에만 충실하게 억압하여 사회활동이나 정치활동 등의 외부활동을 하지 못하게 함으로써 여성들의 지위가 낮아진다고 보았다. 논란에 휩싸이기도 하였지만, 인간이나 동물의 모성애는 여리고 연약한 생명을 보호하려는 가장 순수하고 지극히 아름다운 정신적, 육체적 본능에서 발현되는 사랑이라고 생각한다.

최근 아프가니스탄이 탈레반에 점령당하면서 생존이 위태로워진 엄마들이 3m 철조망에 가로막혀 탈출로가 막히면서 아기만이라도 살려달라고 애원하는 모습이 전파를 탔다. 엄마들은 아기를 살리려 군인들이 지키고 있는 위험천만한 철조망 너머로 아기를 넘겼는데 그 처절한 모성애에 전 세계인들은 함께 눈물을 흘려야만 했다.

생사의 갈림길에서 모정은 더욱 빛을 발하곤 하는데 아버지보다 어머니가 자식에 대해 더 깊은 애정을 가지는 이유에 대해 아리스토텔레스는 "어머니는 자식을 낳을 때의 고통을 겪기 때문에 자식에 대해 절대적으로 자기 것이라는 믿음이 아버지보다 강하기 때문"이라고 했다.

종종 비뚤어진 모성애로 인해 위대한 모성애에 흠집이 생기는 경우가 있다는 것을 부정할 수는 없으며, 가시고기의 '부성애'도 있다는 것을 외면해서도 안 될 것이지만 어머니의 위대한 모성애와 견줄 것은 선뜻 떠오르지 않는다.

한 소년이 위대한 사람이 어떤 사람인지 너무도 궁금하여 위대한 사람을 찾기 위해 굳은 결심을 하고 먼 길을 떠났다. 이 마을 저 마을 위대한 사람이 있는지 물으면서 샅샅이 찾아 돌아다녔지만 아무도 위대한 사람을 모른다는 것이었다. 지친 소년이 주저앉아 쉬고 있을 때 숲에서 위대해 보이는 노인이 나타났다. 소년은 드디어 위대한 사람을 만났다고 생각하며 달려가 위대한 사람이냐고 물었다. 그러자 노인은 지금 당장 집으로 돌아가면 맨발로 뛰어오는 사람이 있을 것이고, 그 사람이 소년이 찾는 위대한 사람이라고 말하고 사라진다.

소년은 마침내 위대한 사람을 만나게 될 것이라는 기쁨 속에서 몇 날 며칠을 걸려 고향 마을에 도착하였고 마을 사람들에게 자신이 왔음을 알렸다. 그러자 저 멀리서 맨발로 뛰어오는 한 사람이 있었는데 그 사람은 바로 소년의 어머니였다.

"신은 모든 곳에 있을 수 없기에 어머니를 만들었다"는 유대인 속담처럼 사랑과 헌신으로 자식들의 아픈 상처를 어루만져 주고 세상을 환하게 비추는 등불은 위대한 어머니들이다.

　지금 세상을 사는 여성들은 무엇이 그렇게 소중하여 어머니의 길을 가지 않는 것일까? 참으로 안타까운 일이다.

격세지감 대한민국!

가장 한국적인 것들이 세계를 사로잡고 있다. 케이팝 등의 한류가 전세계인의 마음을 사로잡은 데 이어 한국드라마 '오징어 게임'이 87개국 넷플릭스 시청 1위를 기록하며 문화강국의 면모를 유감없이 보여주고 있다. 또한, 옥스퍼드대 출판부가 펴내는 옥스퍼드 영어사전OED에 한국문화와 관련된 단어 26개가 추가되면서 한국문화의 세계화는 현실이 되었다.

2021년 7월 2일에는 유엔무역개발회의UNCTAD가 한국을 '개발도상국'에서 '선진국그룹'으로 지위를 변경했다. 1996년 경제협력개발기구OECD에 가입하고 불과 25년에 이룩한 쾌거다.

10월 23일에는 대한민국의 독자적 기술로 개발한 인공위성 누리호

발사에도 성공했다. 비록 위성을 궤도에 안착시키지는 못해 아쉬움을 주긴 했지만, 국내 독자 개발 발사체의 첫 비행이라는 업적에다 우주강국 진입을 목전에 둔 것이라는 평가를 받으면서 과학기술의 비약적인 발전까지 보여주었다. 전쟁의 폐허 속에서 원조받는 나라라는 수식어가 따라붙던 대한민국이 원조를 주는 나라로 빠른 기간에 이미지를 탈바꿈하고 참으로 놀라운 성적표를 받아 든 것이다. 격세지감이 든다.

불과 수십 년 전만 해도 우리 부모세대는 형용할 수 없을 만큼 고단하고 빈곤한 삶을 꾸려나가며 보릿고개를 넘어가기 위하여 애썼다. 부모세대들과 어려운 시기를 함께하며 자란 지금의 50~60대 이상 중장년층은 누구보다도 그 고통을 공감하며 어려운 시기를 잘 버티고 성장시켜 준 부모님에 대한 감사의 마음이 매우 클 것이다.

배우지 못한 것이 한이 되어 남다른 교육열로 대한민국을 또 얼마나 뜨겁게 달구었는가. 교육부가 최근 공개한 2018~2020년 기간의 'OECD 교육지표 2021'의 주요 지표 분석 자료에 따르면 2020년 우리나라 성인(만 25~64세)의 고등교육 이수율은 50.7%로 OECD 평균보다 높고, 이 중 청년층(만 25~34세)은 69.8%로 OECD 국가 중 1위다. 뜨거운 교육열은 지금도 활화산처럼 활활 타오르고 있고 쉽사리 식을 것 같지도 않다.

경쟁적인 교육이 우리나라를 발전시키는 한 축이 되었지만 지나친 경쟁이 국민의 삶을 고단하게 하기도 한다. 한국이 짧은 기간 고속 성장한 이면에는 사회경제적 불평등이 심화하는 그늘도 있음을 잊어서는 안 될 것이다. 사회적 불평등이 심화할수록 국민의 행복지수는 낮아진다. 국민의 행복지수가 높고 정신과 육체가 건강한 사회가 되어야 할 것이다.

한국사회의 역동성에 세계가 감탄하고 있다. 빠른 성장 속에 어떤 것은 변화에 적응할 새도 없이 순식간에 자취를 감추고 새로운 것으로 대체되고 있다. 대한민국의 과거와 함께 해왔던 정겨운 생활필수품 중에서 지금은 흔적도 없이 역사의 뒤안길로 사라지고 첨단제품들이 그 자리를 대신하고 있다. 그러나 디지털의 물결 속에서도 한국인의 온정은 남아 첨단제품 속에서 김치나 김밥은 항상 우리 국민과 함께하고 있다.

최근에 방한한 카를로스 델 토로 미국 해군성 장관은 한국을 국제사회에서 영향력을 발휘하는 강국으로의 위상을 갖게 됐다고까지 평가했다. 소프트파워 강국으로의 위상은 확고히 자리매김하는 것 같다. 이제 정치지도자들 차례인 것 같다. 제20대 대통령선거를 몇 개월 앞두고 한국갤럽에서 벌인 설문 조사 결과 주요 대선 후보들의 비호감도는 여당 후보나 야당 후보 모두 매우 높은 것으로 나타났는데 이는 정책을 통해 국민에게 희망찬 미래 비전을 제시하고 있지 못하고 지나친 상호 비방을 하고 있기 때문일 것이다.

유권자들의 공감과 지지를 지속해서 받으면서 국민의 답답한 가슴을 속 시원하게 풀어주고 자랑스럽다 참 잘 뽑았다 여길 수 있는 정치지도자가 나라를 이끌어야 한다.

이제는 세계의 찬사를 받을 모범이 될 훌륭한 정치지도자를 가진 자랑스러운 대한민국으로 도약할 때이다.

용서하고 또 용서하라

인간이나 동물 간의 갈등과 가해 그리고 복수는 과거에도 있었고 현재도 있으며, 미래에도 계속될 것이다. 하지만 위대한 현자들은 복수는 복수를 낳고 원한은 원한을 낳으므로 용서하고 또 용서하라고 가르친다. 과거의 원한을 잊지 않고 주고받다가 폭발하면 미얀마처럼 지구촌의 어딘가에서는 피가 강물처럼 흐르게 된다. 용서야말로 가장 강력한 평화의 수단이 된다.

최근 인도에서 원숭이 새끼를 죽인 개에 대한 원숭이들의 무차별적인 복수가 우리에게 경종을 울리고 있다. 사건의 발단은 떠돌이 개가 원숭이 새끼를 물어 죽이면서 시작됐다. 새끼를 잃어서 분노한 원숭이들이 강아지들을 납치해 높은 나무나 건물에서 떨어뜨리는 방식으로 피의 복수를 시작하였다. 복수가 시작된 한 달여 동안에 250여 마리의 강아지들이 학살당하는 사태로 번졌다. 복수의 대상인 개들이 사라지자 원숭이들이 어린아이를 납치하려 하고 있다. 이런 이유로 마을주민들은 공포에 떨고 있다고 한다.

'용서'라는 단어를 떠올리면 2021년 12월 26일 향년 90세를 일기로 별세한 데스먼드 투투 주교가 떠오른다. 투투 주교는 남아공 '진실과 화해위원회TRC' 위원장으로 활동하면서 과거사 청산 과정에 참여하였고, 남아프리카공화국의 아파르트헤이트(인종차별정책)에 맞서 복수가 아닌 화해와 용서로 국민 통합을 이루는 데 이바지한 공로로 1984년 노벨 평화상을 수상한 인물이다.

남아공 최초의 민주 선거로 대통령에 선출된 넬슨 만델라 대통령은 1994년 투투 주교에게 '진실과 화해위원회TRC' 위원장을 맡긴다. 만델라는 흑인이라는 이유로 위험한 테러분자라는 누명을 쓰고 27년이나 감옥 생활을 하였다. 인종차별정책이 철폐된 후 첫 번째로 치러진 민주적인 선거에서 대통령에 당선된다. 수많은 사람이 복수로 인하여 끔찍한 대학살이 일어날 것으로 전망했지만 평화로운 권력 이양과 더불어 아파르트헤이트로 받은 억울함을 복수가 아닌 용서와 화해로 풀어내는 놀라운 아량을 보여줌으로써 세계를 놀라게 한다.

투투 주교는 흑인차별 정책인 아파르트헤이트로 저지른 범죄에 대해 응보적 정의가 아니라 회복적 정의로 과거사 청산을 이끈다. 응보적 정의는 범죄에 대한 징벌이나 처벌을 통해 죄를 묻는 방식이지만, 회복적 정의는 범죄를 저지른 자가 범죄와 관련된 사실을 모두 자백하면 과거에 저지른 잘못에 대해 기소하지 않고 죄를 사면해 주는 방식이다.

회복적 정의가 실현된 배경에는 남아공이 경제력이 부족한 상태에서 교육 문제나 주택 문제 등과 같은 긴급히 처리해야 할 문제가 산적해 있었고, 아파르트헤이트 당시의 범죄자들을 모두 처단하기에는 천문학적인 비용을 정부가 감당할 여력이 되지 않은 것과 흑백 분열을 막고 통합을 이루지 못할 경우 야기되는 국가의 분열을 막기 위해서도 회복적 정의가 필요하다고 투투 주교는 본 것이다.

범죄자들을 사면하는 일련의 과정이 범죄를 저질러도 된다는 생각을 부추길지도 모른다는 우려도 만만치 않은 상황이었다. 그러나 투투 주교는 정치지도자나 국민들이 복수나 처벌보다 용서와 아량을 베푸는 것을 선택한 데는 아프리카 특유의 전통적 사상인 '우분투Ubuntu'의 영향이 컸다고 보았다.

우분투 사상은 인간은 서로가 얽혀있는 존재로서 다른 사람에게 관대하고 남을 도울 준비가 되어 있으며 자비롭다는 뜻을 담고 있다.

데스먼드 투투 주교는 그의 책 『용서 없이 미래 없다』에서 참된 용서는 과거의 모든 문제를 처리하여 미래를 가능하게 만든다고 했다.

행복한 동행

사람이 지고 가는 짐 중에 제일 무거운 짐이 원한의 짐이라고 한다. 쉽지는 않겠지만 모두가 참된 용서를 통해 무거운 짐을 내려놓고 자비와 사랑으로 발전된 미래를 향해 나아갈 수 있는 한 해가 되었으면 한다.

등산과 골프

성공을 향해 가는 사람들은 도전을 좋아한다. 성공이란 언제나 그 자리에 있지만 멀고 가깝게 느끼는 것은 도전하는 사람의 마음속 의지에 있다. 숏 홀, 미들 홀, 롱 홀처럼 산은 사람들의 도전을 자극하는 무엇인가가 있다. 끊임없이 도전을 요구한다. 물론 도전하고 도전하지 않고는 각자의 몫이다.

성공을 향해 생의 쳇바퀴를 쉼 없이 돌려온 아름다운 사람들이 산 위의 평지에서 쉬고 있다. 그러나 그들은 멈추지 않는다. 성공을 지키는 노력을 결코 쉽게 내려놓지 않는다.

산은 대화를 하지 않아도 와 닿게 하는 무언가가 있다.

여름 새벽 산행은 편안함과 상쾌함을 주는 녹색의 향연이다. 새벽 산의 싱그러운 얼굴이 등산객들에게 생기를 불어넣는다. 나무들 사이로 새벽 산행을 나선 수많은 사람의 기나긴 행렬이 이어지고 있다.

　부산한 걸음 속에서 모든 이들의 얼굴이 밝다. 일이든 취미든 좋아하는 것을 즐기는 사람들의 표정은 밝다. 그들의 행동에는 활력이 넘친다.
　산을 오르며 골프에 대해 생각해 보았다. 아름다운 풍경을 여유로움 속에서 감상하며 산을 오르듯, 골프도 그런 것이 아닐까 싶다. 골프를 친다는 것도 바쁨 속의 여유와 건강을 찾는 일이며 산행을 하는 것 또한 비슷한 이유다. 차이점이 있다면 산행을 하는 데는 주차료와 같은 저렴한 비용이 발생하고, 골프는 좀 더 큰 비용을 내야 한다. 그린이 자연의 빼어난 아름다운 풍경을 이용하여 만들어지거나 그와 비슷한 형태의 모습을 갖추려 하는 것처럼 여유로움을 즐기는 일이란 자연과 매우 밀접한 관계가 있다. 인생의 고비처럼 산에는 수많은 능선과 절벽과 물이 흐르는 계곡이 있다.

　성공을 향해 가는 과정에서 좌절과 실패와 아픔을 겪지 않고 얻어지는 일이란 없다. 그것을 극복하고 나면 정상정복의 성취감과 같은 커다란 보상이 돌아온다. 어쩌면 골프도 그 과정 위에 있는 것이다.
　도전을 좋아하는 사람들의 강한 의지 집합장소가 산이다. 인생의 산 또한 그럴 것이다. 넘어야 하거나 낙오되거나, 선택하거나 선택하지 않거나, 기회가 주어진 것을 힘차게 잡거나 다가온 기회를 놓쳐버리거나 하는 것은 각자의 몫이다.

골프는 정해진 규칙을 자신이 양심에 따라 진행한다. 인생도 그런 것이다. 요령으로 앞질러 가더라도 결국 그것에 걸려 넘어지는 일이 발생한다. 정직하게 최선을 다한 사람에게 품격이 갖추어진 만족을 선물한다. 인생의 산을 넘는 일에도 요령이 필요한 경우가 있다. 경험을 바탕으로 한 요령은 오히려 산을 넘는 수고를 덜 수 있다.

장비를 잘 갖추고 산을 오르는 사람들은 수없이 올라본 산에서 제대로 된 장비를 갖추어야 한다는 것을 배운 현명하고 노련한 사람들이다.

골프 또한 그렇다. 제대로 장비를 갖추지 않고 경기를 진행할 수는 없다. 그래서 행운은 준비된 자를 위한 것이라고 말하는 것인지도 모른다. 꾸준히 산을 오르는 사람들은 준비하는 법을 배워서 계절이 주는 놀랍고 아름다운 풍경을 마주할 기회를 많이 갖는다.

골프도 그런 것이 아닌가 싶다. 성공을 향해 달려온 사람들에게 자연의 풍경 속에서 여유를 갖고 쉬거나 에너지를 보충할 기회를 품격 있게 제공한다.

인생의 산을 부지런히 넘어온 사람들은 충분히 보상받을 자격을 갖추고 있다. 쉬지 않고 부지런하게 노력한 삶의 여정을 충실히 살아온 사람들에게 풍요와 자연에서의 편안한 휴식을 즐길 수 있는 기회를 산

행복한 동행

이나 골프가 제공하는 것이다.

　모든 것이 뜻대로 얻어지는 것만은 아니다. 인생항로가 본인의 의지대로 모두 주어지는 것은 아니다. 좌절을 딛고 일어선 사람들이 아름다운 이유가 거기에 있다. 박수갈채를 받아야 마땅하다.

　우리는 인생의 수많은 산을 넘고 있다. 경험과 체력단련이 등산에 필요하듯이 골프도 노력과 훈련이 필요하다. 원하는 방향으로 정확히 샷을 날리는 피땀 어린 연습이 필요하다. 장애물을 슬기롭게 극복하는 지혜가 필요하다.

　모든 것은 과정 위에 있으며 때가 되면 지나간다. 자만을 멀리하고 겸손해야 하는 이유다. 오르고 나서 산은 내려와야 한다.

　산의 평지는 열심히 노력한 대가에 대한 쉼터이며, 다음 단계를 위한 도약의 에너지를 충전하는 장소다. 높아서 평지가 없을 것 같아도 높은 산의 어딘가에는 반드시 평지가 있다.

길 위에서

    교통편이 귀하던 시절, 걸어 다니는 것을 아이들은 당연하게 받아들였다. 등교 시간이 되면 하나둘 짝을 지어 등교하는 풍경이 영화의 한 장면처럼 연출되고, 마을은 생기가 돌았다. 학교까지는 아이들 걸음으로 40~50분 거리였지만 길이 결코 멀게 느껴지지 않았다.

    비가 오나 눈이 오나 요행을 바라지 않고 당연히 걸어야 하는 길이었다.

    아침 시간은 예전이나 지금이나 바쁘다. 지각하지 않기 위한 경쟁이 집중될 때이기도 하다. 등교 시간에는 특별한 일을 할 겨를이 없었지만, 어느 날 아침은 특별했다.

    어느 해 겨울이었다. 학교로 향하고 있는데 눈길 위에 반짝이는 것이 보였다. 동전이었다. 그것도 백 원짜리가 하나도 아니고 여러 개가 일부

                        행복한 동행

러 그렇게 나열해 놓은 것처럼 나란히 눈 위에 놓여 있었다.

　백 원이면 아이들에게 인기가 많았던 뽀빠이 과자를 몇 개는 살 수 있는 큰돈이었다. 백 원짜리가 그저 떨어진 것이 아닌 누군가를 위해 일부러 진열해 놓은 듯 나란히 길 가운데에 놓여 있었다.

　그냥 떨어졌다면 눈 속에 묻혔겠지만, 동전은 하늘을 향한 얌전한 모습이었다. 그 돈을 어떻게 사용했는지 기억은 지워졌지만 하얀 눈길 위에 또렷이 박혀 있던 백 원짜리 동전을 주웠던 놀라운 횡재는 가끔 출처가 궁금해지곤 한다.

　어느 해 봄날, 꿀을 채집하는 시기였다. 등굣길에 작은 사고가 발생했다. 꿀통을 가득 실은 트럭이 지나간 후 난리가 났다. 벌이 아이들을 공격한 것이다

　머리로 얼굴로 몸으로 벌은 사정없이 침을 놓았다. 트럭은 이미 지나간 후였다.

　몇몇 아이들이 큰 피해를 보았다. 머리에 혹이 몇 개씩 났고, 얼굴이며 몸이 벌의 공격을 받은 징후들로 가득했다. 큰 부작용이 발생하지 않아 다행이었고 아찔한 순간이었지만 서로를 보며 참 많이 웃었었다.

　지금 같으면 병원으로 달려가고 난리가 났겠지만, 지네나 벌에 물렸을 때 소변으로 간단하게 치료하는 치료법을 아이들은 이미 알고 있었다.

하교 시간이 되면 아이들은 비포장 길을 삼삼오오 짝을 지으며 돌아왔다. 클로버가 무성할 때면 클로버 꽃을 따서 목걸이나 반지, 화환을 만들었다. 네 잎 클로버를 누가 먼저 찾는지 시합을 벌였다.

세 잎 클로버의 꽃말이 행복인 것을 알기 전까지 네 잎 클로버를 찾는 노력은 계속되었다. 아카시아 잎이 무성할 때면 잎을 따서 게임을 했다. 아카시아 꽃을 따서 먹기도 하고 집에서 기르는 토끼를 위해 잎을 따다 주었다.

산딸기가 익는 계절이면 아이들은 숨겨둔 보물을 찾듯 풀숲이나 덤불을 헤치며 자연이 주는 간식을 찾아 나섰다. 청미래덩굴 순, 찔레 순, 청미래 열매, 머루 등.

산에 들에는 자연이 주는 간식이 널려 있었고, 누가 가르쳐 주지 않아도 간식을 찾는 일에 아이들은 이미 전문가가 되어 있었다.

하굣길에 가끔 버스를 만나는 일이 있다. 마음씨 착한 버스 기사가 버스를 세우고 아이들에게 공짜로 버스를 태워주는 날은 아이들에게는 매우 운 좋은 날이 되었다. 그런 일은 종종 일어났다. 아이들의 얼굴이 해바라기처럼 환해지고 버스 기사는 기쁨으로 빛나는 아이들의 감사 인사를 덤으로 받곤 했다.

수많은 길을 지나왔다. 선택의 갈림길에서 후회와 갈등을 겪을 때도 있다.

로버트 프로스트의 '가지 않은 길' 중 "~숲속에 두 갈래 길이 있었다/나는 사람들이 적게 간 길을 택하였다/그리고 그것 때문에 모든 것이 달라졌다고" 한 것처럼.

　우리가 추구하는 목적지로 가는 과정에 있는 길이 발전을 거듭하고 있다. 이제는 비포장 길은 찾으려고 해도 찾을 수가 없다. 삶이 도시화되어갈수록 확장과 포장을 거듭하고 있다. 자동차와 기차, 비행기와 초고속 통신 시설이 시간을 단축하게 해주어도 우리의 여유는 예전만 못하다.

　소 걸음걸이처럼 여유로움으로 길을 걷는 대신 바쁜 일상을 메우기 위한 지름길을 찾는 것에 급급해졌다. 울퉁불퉁한 길을 걷는 것은 자연히 느려질 수밖에 없다. 발 디딜 곳을 이리저리 살피며 튀어나온 돌부리를 피하고 걸려 넘어질 일을 경계하지 않으면 안 된다.

　때론 미끄러져 넘어지고 다시 일어서서 목적지를 향해 나아가던 길, 눈물과 한숨과 웃음이 함께하던 울퉁불퉁하고 구부러진 길을 지나왔다. 포장이 잘 되었다 하더라도 곡선과 직선, 오르막과 내리막이 있기에 여유를 갖고 반성과 주의를 기울여야 하는 길 위에 있다. 우리는 지금 그 길의 어디쯤 와 있는 것일까.

언어의 순결 서약식

오래전에 두란노 아버지 학교의 가정 회복 프로그램에서 '아버지가 살아야 가정이 산다'는 슬로건 아래 두란노 아버지 학교의 3,000명의 아버지가 순결 서약식을 치르는 색다른 행사를 보고 관심을 두고 지켜본 적이 있다. 사회 곳곳에 도사리고 있는 향락 문화에서 아버지들이 정신적 육체적으로 순결을 지키자는 것이어서 의미가 있는 행사라는 생각이 들어서다.

순결 서약식을 보면서 우리의 언어습관에 대해 생각해 보았다. 우리나라의 잘 알려진 영화 몇 편만 보더라도 폭력이 들어간 영화치고 욕이 난무하지 않은 영화는 거의 없다고 해도 과언이 아니다. 욕 잘하는 것이 멋지게 보이는 일은 결코 아니다. 하지만 들으려 하지 않아도 쉽게 들려온다. 왜 우리 사회가 이렇게 욕이 난무하게 되었을까.

욕이 만연된 것은 우리의 바쁜 성질에도 연결이 되어 있다. 마음의 여유를 갖고 사람과 사람 사이에 교류가 이루어져야 하는데 성질이 바쁘다 보니 여유와 배려는 뒷전으로 밀려난 채 성질이 먼저 튀어 나가 '욕'이 많아진 것이다.

더욱 안타까운 것은 자라나는 청소년들이 너무도 자연스럽게 정화되지 않은 언어인 욕을 일상의 언어로 거리낌 없이 사용하는 것이다. 인격이 완전하게 형성되지 않은 상태에서 언어가 자신과 상대방에게 미치는 영향에 대해 깊이 생각해볼 겨를도 없이 남이 하니까 따라 하는 식으로 쉽게 내뱉는 것 같아 매우 안타까운 생각이 든다.

물이 아래로 흐르듯 언어의 흐름 또한 아래로 흐른다. 아이들의 거울인 어른들의 행동과 올바르지 않은 언어사용은 흡수가 빠른 청소년에게 정화되지 않은 채 그대로 전달된다. 언어를 아름답게 사용하지 않는 것은 바른 행동으로 연결되기가 쉽지 않고 거친 행동으로 연결될 소지가 많다.

욕은 언어의 공해다. 지나친 담배, 술도 자신과 사회를 멍들게 하지만 아름답지 않은 언어의 사용 또한 자신의 아름다울 수 있는 충분한 이유를 자신 스스로 허무는 일이다.

욕은 서로를 상처 주고 멍들게 할 뿐이다. 어른들이 잊고 있는 한 아이들은 오염된 언어, 환경에서 쉽게 벗어날 수 없다. 아름다운 언어습관이 배지 않았는데 환경을 아름답게 가꾸는 일에 앞장설 수 있을까.

'세 살 버릇 여든까지 간다'라는 우리의 속담처럼 좋은 습관의 필요성을 어른들은 충분히 알고 있다. 설령 지금 오염된 언어에 젖어 있다 하더라도 그걸 되돌리는 데는 큰 비용이 드는 것은 아니다. 비용을 전혀 들이지 않고 정화할 수 있다.

우리는 우리 아이들에게 반사되어 되돌아오는 거울을 갖고 있다. 닮지 않기를 바라는 모습, 잘못된 행동들을 아이들은 어느새 붕어빵처럼 닮아 간다. 좋은 모습만 보여주어도 때론 비뚤어지게 받아들이는 이상한 거울도 있고, 본래 모습과는 조금은 다르게 보여주는 거울도 있다. 가정에서 쓰이는 아름다운 언어습관의 거울이 자라나는 청소년에게 어떻게 비칠지 염두에 두어야 한다. 말을 아름답게 쓰는 사람은 향기가 난다.

인간적인 향기가 나는 사람은 남을 배려하는 데 인색하지 않다. 남녀노소를 불문하고 내면의 아름다움으로 표출된다.

사람과 사람 사이에 오염되지 않는 말의 유통은 유통기간도 필요 없는 천연방부제가 들어 있다. 아름다운 언어는 쉽게 퇴색하지 않고 퇴색되어도 그 나름의 멋을 지닌다. 세월을 건너뛰고 세기를 건너뛰어도 감동을 하는 것은 문제없다.

        행복한 동행

아름다운 언어의 습관은 배려의 시작이다. 남을 위한 배려가 시작되면 사람과 사람 사이에 신뢰가 깊어진다. 그러다 보면 욕을 사용할 필요가 없어진다. 이것은 곧 자신을 돋보이게 하는 것이다. 욕을 잘하는 사람을 보자. 아름답다고 느낄 수 있는가.

언어는 충분히 아름다울 수 있다. 언어가 아름다워지면 사람도 아름답다. 우리의 축복 받은 언어가 욕으로 인해 아름다워질 부분을 손상당하는 것은 가슴 아픈 일이 아닐 수 없다.

말은 여러 종류의 씨앗을 가졌다. 좋은 말은 척박한 땅에서도 뿌리를 내려 실의에 빠진 이를 위로하고 다시 일어서게 한다. 상처를 입은 이에게는 상처 회복을 도와주는 치료제로 작용하며 빠른 회복을 도와준다. 좋지 않은 언어의 사용은 아무리 기름진 땅이라고 하더라도 제대로 뿌리를 내리지 못한다.

우리 속담에 '가는 말이 고와야 오는 말이 곱다'는 말이 있다. 산소를 마시듯 너무도 자연스럽게 쓰이는 언어는 어떻게 사용하는지에 따라 용도가 달라진다.

두란노 아버지들이 정신적 육체적 순결 서약식을 보면서 우리도 언어 순결식을 해보면 어떨까 생각해 보았다.

비양도 기행

비양도는 한림읍에서 북서쪽으로 약 3km 지점에 있으며 고려 목종 5년(1002)에 화산폭발에 의해 만들어진 화산섬이다. 유일하게 1002년, 1007년 화산활동 시기가 기록되어 있는 섬이어서 학술 가치가 매우 높다고 알려져 있다. 섬 중앙 높이는 114m이며 비양봉과 2개의 분화구가 있다.

1995년 8월 26일 제주도 기념물 제48호로 지정된 비양나무 자생지가 있다. 배로 15분 거리에 있는 비양도로 향했다. 잔잔한 호수 같은 바다를 하얗게 물살을 가르며 배가 간다. 이해가 엇갈릴 때 비양도와 한림항처럼 마음과 마음을 이어주는 힘찬 엔진 소리를 내는 배 한 척 먼저 띄우면 어떨까.

행복한 동행

배는 지금 우리들의 일상을 벗어나는 일을 위해 물살을 가르고 있다. 일상을 조금 벗어나면 감사할 것도 많고, 반성할 것도 많아진다. 끝없이 펼쳐진 바다에 서면 나의 존재는 미약하기 그지없다. 새나 물고기보다 자유롭지 못하다. 하지만 생각의 날개만은 자유로워 비양도에 대한 기대와 호기심을 실어 펼쳐본다.

쪽빛 고운 물살을 바라보노라니 비양도가 금방 친숙하게 다가온다.

오름 앞에 마을이 옹기종기 한림항을 향해 모여 있는 풍경은 정답다. 바닷가 마을에는 바다만의 냄새, 색채, 소리, 풍경이 있다. 섬에 살면서도 낯설게 느껴지는 바닷가 마을만의 특색이 방문객을 맞이한다. 오름 산행에 앞서 섬을 구경하기 위해 해안가를 따라 걸었다. 한 시간 정도면 느긋하게 한 바퀴 도는 데 별 어려움이 없다. 천연기념물 제439호로 지정된 아기 업은 돌은 용암 내부에 발달하는 가스들이 배출되면서 형성되는 구조로 이 또한 학술 가치가 매우 높다고 알려져 있다.

바다에 우뚝 솟아있는 코끼리 모양의 바위며 굴뚝 모양으로 솟아있는 독특한 바위를 구경하며 해안가를 걷는 것은 비양도를 느끼기에 좋은 경험이 된다. 화산섬의 특징인 붉은 흙이 오름의 군데군데 흘러내린 모습이 태풍이 할퀸 상처 같아 애처롭다.

산나리꽃이 한창이다. 꽃을 한껏 피워 올린 모습이 초록의 자연 속에 신선한 감동을 안겨준다. 한 바퀴를 거의 다 돌면 나무 데크 시설과

정자 시설이 되어 있는 펄랑못을 만나게 된다. 펄랑못은 땅속에서 바닷물이 밀물 때 솟아오르고 썰물 때는 내려가는 바다연못이다. 환경부 보호야생식물 41번 아욱과의 황근과 희귀식물인 해녀콩을 볼 수 있다. 해녀콩은 보랏빛 꽃을 피우고 아름다운 자태를 뽐내고 있었다. 연못 위로 나무다리를 만들어 놓은 그곳에서 오름과 바다와 산나리꽃을 보면서 휴식을 취할 수 있다. 아름다운 자연과 좋은 사람들과 함께 하는 휴식은 삶을 더욱 감사하게 한다.

오름은 마을 안길로 이어진다. 밭에는 고구마며 고추, 호박, 옥수수가 심겨 있다. 가을을 준비하는 손길이 느껴진다. 좁은 돌담길을 따라가면 협죽도를 만난다. 꽃이 한창이다. 길은 협소해서 나란히 걷기는 무리다.

벌써 내려오는 일행들과 마주친다. 인사하고 양보하는 것이 자연스럽다. 자연은 우리에게 너그러움을 선사한다. 산을 좋아하는 이유로 경계는 사라지고 양보와 배려가 싹튼다. 길이 좁으면 비켜주고 지나갈 때까지 기다려주고 자연스레 인사를 주고받는다.

그런 배려의 마음은 우리의 일상으로 들어올 충분한 가치가 있다. 산에서만 행해지고 끝날 필요가 없다. 우리는 모두 인생의 산을 넘고 있고 자신만의 섬을 가지고 있다. 섬에 사는 것은 외로움과 싸워야 하는 일이며, 고립을 극복해야 하는 일이다. 나름의 방법으로 고립의 산을 넘고, 외로움의 산을 넘고, 한계의 상황을 극복하며 자신을 길들이고 세상과 소통하는 방법을 발견한다. 섬에 살면서 또 다른 섬을 보길 원하고, 더 큰 세계를 꿈꾼다. 자연 앞에서 나누었던 자연스러운 배려의 마음이나 양보가 또 다른 세상을 보는 데 방해가 되지 않을 것이다.

산행을 마치고 배를 기다리는 동안 포구의 쉼터에서 바닷소리와 포구에 정박한 배를 감상하며 휴식을 취하는 것도 신선하다. 포구에 몇 척 묶여 있는 작은 배들이 물결에 흔들리고 있다. 우리의 삶의 어떤 부분들은 저 배의 끈처럼 묶여 있고 때론 흔들린다.

그래서 여행을 꿈꾸는지도 모른다. 삶의 느슨한 부분을 더욱 조이고, 삐걱거리는 부분을 기름칠하여 재조명할 시간을 얻을 수 있다. 내가 속한 곳을 떠나 삶을 들여다보면 좀 더 애틋해지는 것이 생겨나기도 한다. 그래서 여행은 사람을 현명하게 만드는지도 모른다. 쪽빛 바다와 해안가 산책, 주홍빛 선명한 산나리꽃과 독특하게 솟은 바위들과 오름 산행이 비양도를 떠올릴 때마다 생생하게 그려질 것이다.

우리 삶도 음악이다

　영화를 보지 않았지만, 브루클린으로 가는 마지막 비상구의 배경음악인 'A love idea'를 매우 좋아하게 되었다. 바이올린 선율이 주는 분위기는 동양적이면서도 경건한 느낌을 준다.

　바이올린만이 표현할 수 있는 간절함과 애절함이 과거의 향수를 불러들여 애잔하게 한다.

　간간이 들리는 피아노 반주는 바이올린 선율을 더욱 부드럽게 하고 음악의 흐름을 완만하게 이어준다. 우리 삶도 혼자서 연주해야 하는 많은 부분이 있다. 연주를 듣고 아름다움과 감동으로 받아들일 수 있는 마음의 교류가 있어야만 연주의 진가가 발휘된다. 서로 다른 악기가 만나 조화를 이루기 위한 부단한 연습과 최상의 화음을 위한 조율이 필요하다.

친구와 같은 직장에서 근무하고 있을 때 우리는 약간의 언쟁으로 매우 서먹한 사이가 되어버렸다. 서로가 어떤 계기를 만들어 화해하고 예전의 관계를 회복해야 했지만 복잡하고 미묘한 감정의 대립은 우리의 오랜 우정에 먹구름을 드리우고 말았다. 친구의 냉정한 말에 상처를 입어 상심이 커 선뜻 화해의 손을 내밀지 못하고 관계회복보다는 그곳을 떠나기 위한 마음의 준비를 하고 있었다. 그렇게 서먹한 관계가 며칠 지속하던 어느 날 매장에 들어서고 몇 걸음 옮기지 않았을 때였다. 음악 소리가 들리지 않았는데 갑자기 A love idea의 장엄한 물결이 200여 평 매장에 울려 퍼지기 시작했다.

그 웅장하고 장엄한 선율에 그만 그 자리에 못이 박혀 버렸다. 2층 사무실에서 내 모습을 지켜보는 친구가 보였다. 우리들의 서먹한 관계를 회복할 방법을 모색하고 있던 친구가 이 음악을 좋아하는 나를 위해 화해의 표시로 내 마음을 흔드는 비책을 내놓은 것이다. 그것은 즉시 효과를 발휘했다. 상처는 눈 녹듯 사라지고 말았다.

먼저 손을 내밀지 못한 내 마음의 좁음을 뉘우쳐야 했다.

가끔 너무 늦게 깨달음을 얻을 때가 있다. 그래서 길이 엇갈리고 너무 멀리 지나쳐서 돌아갈 수 없는 후회의 갈림길에 설 때가 있다. 마음의 부주의가 먼저 손을 내밀어 사과할 기회마저 놓쳐버리고 미련이 그 자리에 남아 끊임없이 반성하게 한다.

맑고 푸른 날을 좋아하는 나와 달리 친구는 흐린 날을 좋아했다. 다른 취향을 가졌어도 좋은 관계를 유지하는 데 별 어려움이 없었다.

비가 오는 날은 우산을 같이 쓸 수 있어서 좋았고, 눈 내리는 날은 눈을 같이 볼 수 있어 좋았던 것처럼 서로 다름 속에는 공감대를 형성하여 관계를 발전시키거나 유지하는 데 도움을 주는 공통되는 부분들이 있다. 좋아하는 것이 달라도 서로를 인정하고 신뢰하는 관계는 균열이 쉽게 진행되지 않는다.

흐린 날은 친구가 좋아하는 흐린 날이어서 좋았고, 맑은 날은 내가 좋아하는 날이어서 더욱 좋았던, 그런 과거가 부드러운 음악이 되어 추억의 뒤안길을 적신다.

걸을 땐 팔짱을 끼고 서로가 서로에게 보조를 맞추며 우리의 젊은 날은 음악의 선율처럼 그렇게 흐르고 있었다. 피아노가 전공인 그녀의 공간에는 늘 음악이 흘러 나를 매료시켰다. 그녀를 통해 음악으로 소통할 수 있는 또 다른 매력적인 세상이 있음을 발견했다.

우정, 사랑, 이웃 간의 관계 혹은 가족, 동료 등에게 마음을 나누는 다양한 방법들이 있다. 사람마다 각양각색의 방법으로 마음을 나누고 세상과 소통하는 나름의 비법들이 있다.

공연이나 전시회를 관람하거나 영화를 같이 보고, 좋아하는 것을 함께하는 다양한 방법들이 동원되어 서로의 공감대를 형성하고 관계의 발전을 추구하거나 좋다고 여기는 현재의 상태를 유지하려는 노력이 계속되고 있다.

　그런 관계들 속에서 때론 스스로 자신을 다독여야 할 때도 있다.
　조용한 음악을 좋아하는 사람, 클래식만을 고집하는 사람, 헤비메탈처럼 에너지가 넘치는 음악을 좋아하는 사람이 있고, 직접 연주하며 만족을 얻는 방법, 듣고 즐기며 만족하는 방법 등, 음악을 좋아하는데도 개성이 넘치고 다양함이 존재한다.

　우리 삶을 지탱하고 건조를 막아주는 긍정적인 요인들은 많다. 음악이 우리를 주도하지는 않지만, 종종 삶의 빈 곳을 채워주고 정서를 순화시켜 건조함을 막아주는 역할을 한다. 심금을 울리기도 하고 계절의 변화를 느낄 수 있게 해주며, 밝고 경쾌한 리듬은 생활의 활력을 준다. 은은한 향기처럼 감미로운 선율은 향수를 불러와 그리움의 우물을 출렁이게도 한다.
　시작은 서툴고 종종 불협화음을 일으킨다. 하지만 부단한 노력의 결과로 아름다운 연주를 듣게 되면 감동을 하고 아낌없는 박수갈채를 보내게 된다. 최상의 연주를 위해 마음을 나누고 부단한 노력이 필요한 우리 삶도 음악이다.

보호색

풀숲에서 방아깨비가 뛰어오른다. 알아서 피하지 않았다면 내가 그들을 위험에 빠뜨렸을 것이다. 보호색을 띠고 있는 방아깨비의 초록이 짙다.

우리도 나름의 보호색을 지니고 있다. 방아깨비처럼 보호색은 자신을 보호하는 일이기도 하지만 상대에게 위험을 숨기는 일이기도 하다. 위험을 숨기는 것은 자신의 단점으로 인해 타인에게 누가 되지 않게 하므로 서로를 보호하는 일이기도 하다.

물론 사마귀나 카멜레온은 보호색을 이용하여 먹이를 잡는 수단으로 사용하기도 한다.

보호색을 적절하게 사용하지 않는다면 문제 발생의 소지가 많다. 성실함이나 정직함은 굳이 감추지 않아도 드러난다. 아무리 보호색을 띠고 나타내지 않으려 해도 내면의 아름다움으로 표출된다. 내면의 아름다움을 들여다볼 수 있는 지혜는 관찰자의 몫이다.

풀은 야생화, 들풀, 들꽃의 여러 가지 이름으로 불린다. 약재로 쓰일 때는 약초도 되는 다양함을 가진 풀이 화단과 논과 밭에 있을 때는 뽑아내야 할 대상이 된다. 하지만 풀밭에 있을 때 풀은 들판의 주인이 된다.

풀숲은 각종 곤충에게는 안식처나 은신처가 된다. 또한, 풀을 주식으로 하는 동물들에게는 맛있는 식사 장소가 되고, 풀숲에 몸을 가리고 휴식을 취할 수 있는 휴식처도 된다.

우리에게는 환경미화를 위해 뽑아내고 잘라내야 할 대상이지만 풀숲은 곤충들의 무대와 삶의 터전이다.

잔디밭의 풀을 뽑아내면서 질긴 생명력에 놀란다. 괭이밥이나 민들레는 잔디밭에서도 뿌리를 잘 내린다. 뿌리를 제대로 뽑아내지 않았을 때 그들은 놀라운 생명력을 보여준다. 잘린 뿌리에서 금세 싹을 틔우고 꽃을 피워낸다. 질긴 생명력은 자신을 보호하고 풀숲에 사는 많은 것들을 보호한다.

약재로 쓰일 때는 약초가 되는 민들레도 잔디밭이나 화단에서는 침입자가 된다. 아무리 꽃을 아름답게 피워도 잔디밭에서는 침입자다.

민들레밭이라면 잔디가 침입자가 되겠지만 잔디밭이나 화단에서는 뽑아내야 할 대상이다.

　민들레, 괭이밥, 질경이, 까마중, 쇠비름, 강아지풀, 쑥만이 아니고 풀이라 분류되는 것들은 대단한 생명력을 지녔다.

　괭이밥은 봉숭아 씨앗처럼 톡 건드리기만 해도 금세 터지면서 종족 번식을 시도한다. 민들레 역시 가벼운 바람을 타고 날아가 뿌리를 내린다. 쇠비름은 뿌리를 뽑아서 던져두어도 통통한 줄기의 양분만으로도 오래 살아남는다. 쑥은 뿌리를 제대로 뽑지 않으면 남아있는 뿌리에서 새 생명을 키워내는 데 문제가 없다. 강아지풀은 또 어떤가. 척박한 땅에서라도 뿌리를 내려 번식을 해야 하기에 강한 생명력을 가졌는지도 모른다.

　풀숲을 들여다보면 다양한 종류의 풀들이 서로 얽히고설키면서 자라고 있는 것을 볼 수 있다. 그렇게 얽히고설킨 관계 속에서 곤충들은 나름의 생존을 위하여 그 풀숲에서 먹이를 찾고 번식을 하고, 살아남기 위하여 보호색을 띤다.

　터전에서 자신을 보호하기 위해 보호색을 띠는 곤충을 보면서 우리들의 보호색은 우리와 상대에게 어떻게 작용할까 생각해 본다. 보호색의 적절한 사용은 자신을 보호하고 타인을 보호하지만, 외부로 무절제하게 드러난다면 타인에게 해를 가하고 자신에게 피해를 줄 수도 있다. 사마귀나 방아깨비, 카멜레온 등은 주변 환경의 색깔에 따라 보호색을 바꾼다.

우리가 그들보다 적응력이 뛰어날 것 같아도 종종 주변 환경에 적응을 제대로 하지 못하고 갈등을 부를 때가 있다. 곤충들은 자연을 오염시키지 않는 범위에서 보호색을 사용한다. 그래서 자연과 매우 조화롭다. 색깔이 아무리 화려해도 자연에 융화가 잘 되어 어색하거나 지루하지 않고 아름답다. 자연을 터전으로 살아가는 온갖 동식물들은 자연을 오염시키거나 자연의 법칙을 거스르지 않는다. 그런데 우리의 보호색은 어떨까. 허영과 허세로 치장하고 있지는 않은지.

새벽이나 늦은 밤이면 풀벌레 향연을 들을 수 있다.

돌 틈이나 풀숲에 몸을 숨기고 아름다운 노래를 부르는 곤충들은 새벽의 고요를 깨뜨리지 않는다. 자연이 내는 온갖 소리, 바람 소리, 새소리, 파도 소리, 풀벌레 노랫소리 또한 고요를 깨뜨리지 않는다.

돌 틈, 풀숲에서 자연이 감싸주는 포근한 보호색을 입고 온종일 변함없이 노래하는 풀벌레 노랫소리가 아름다운 요즘이다. 성실과 정직을 바탕으로 열심히 살아가는 사람들의 보호색은 더욱 아름다우리라.

언덕 위의 정원

　오래전부터 궁금했던 사람을 만났다. 산책하다 보면 언덕 위에 소나무 몇 그루가 있는 조그마한 정원을 만나게 된다. 계절이 바뀔 때마다 수많은 꽃이 피어 있어서 그 정원을 가꾸는 주인을 한 번쯤 만나봐야겠다고 생각하고 있었다. 그곳을 알게 된 지 몇 년 만에 드디어 만났다. 이백 평 정도가 되는 그 정원 근처에는 인가가 있는 것도 아니다. 큰 도로가 나면서 언덕배기에 있어 자칫 쓸모없는 땅이 될 수 있는 환경인데 어느 날부터 예쁘고 아담한 정원이 만들어지기 시작했다.

　가지치기가 잘된 소나무 몇 그루는 운치가 있으며 단정한 모습으로 웅장하게 남쪽에 병풍처럼 둘러서 있다. 소나무 밑에는 아기자기한 소형 정원들이 소나무를 에워싸고 있다.

　　　　　　　　　　　　　　　　　　　　　　행복한 동행

소국과 장미, 상사화, 소철, 석류, 향나무, 치자, 천리향, 노가리, 꽃 모양이 태양을 닮은 선샤인, 그 외 이름 모를 꽃과 나무들이 다양하게 심겨 있다. 정성을 들이면 사람도 정원도 표가 난다. 아름다운 정원은 외진 곳에 있어도 눈에 뜨인다.

눈길을 끄는 것은 분홍과 붉은 꽃을 여름내 피워내던 제라늄이다. 풍성한 제라늄을 보면서 주인을 만나면 가지 몇 개를 얻을 생각을 했다. 꽃을 좋아하는 분이라면 결코 나누는 데 인색하지 않을 것이다. 그런 염원을 이루게 되었다.
막 언덕을 오르는데 정원 앞에 차가 세워져 있고 점퍼 차림이지만 말끔한 신사분이 여러 가지 작업 도구들을 챙기고 있는 것이 보였다. 표정이 밝다.
그냥 지나치다가 용기를 내어 이곳을 가꾸는 분이 맞는지 물었다. 그렇다고 하신다. 산책하러 다니면서 이곳을 예쁘게 가꾸는 분이 궁금하여 한 번쯤 뵐 수 있기를 바랐는데 만나게 되어 매우 기쁘다고 했더니 수줍게 웃으신다.

제라늄 몇 가지를 나눠 줄 수 있는지 물었더니 흔쾌히 전지가위로 잘라주신다. 필요하면 언제든지 가져가라고 한다. 어떻게 이런 곳에 정원을 가꾸게 되었는지 까닭을 여쭈어보았다. 꽃과 나무를 워낙 좋아해서 시간 날 때마다 조금씩 가꾸다 보니 정원 형태를 갖추게 되었다고 한다. 주변에서는 돈이 되는 것도 아니라고 만류했지만 꽃을 가꾸면서 행복을 느끼고 자꾸만 꽃을 심게 되었다고 한다. 혼자서 옮기기 힘든 큰 돌을 어떻게 옮겼는지 모를 정도로 정원을 가꾸는 동안은 힘이 나고 행복이 넘친다고 했다.

더 많은 나무와 꽃들이 심겨 있었는데 자꾸만 허락을 구하지 않고 뽑아가 버려서 좋은 나무들이 사라져 버렸다고 하셨다. 오일장에서 향나무 다섯 그루를 사다 심었는데 한 달여 만에 세 그루가 사라져 버렸고, 진달래는 100그루를 사다 심어 놓았는데 지금은 50여 그루밖에 남지 않았다고 하신다. 천리향도 5그루가 있었는데 네 그루가 사라져 버렸고 다른 여러 가지 과실수들도 심어 놓기가 무섭게 사라져 버려서 지금은 뽑아가도 괜찮은 꽃 위주로 키우게 되었다고 한다.

꽃을 좋아해서 가져간 것이라 괜찮다고 하지만 꽃과 나무를 함부로 가져가는 왜곡된 사랑이 씁쓸하다. 입구에 있는 누룩나무를 보여주었다. 누군가 껍질을 약재로 쓰려고 톱으로 자르고 뿌리까지 캐가려다가 뜻을 이루지 못하고 하수구에 흙을 산더미같이 파 놓고 가는 바람에 흙을 치우는 데 애를 먹었다고 한다. 다행히 잘린 옆으로 싹이 나와 생명을 유지하고 있지만, 나무 밑동에는 톱으로 잘린 상흔이 선명하게 남아있다. 소국이 많았는데 언젠가는 몇 사람이 국화차를 만든다고 꽃송이를 모조리 따가 버린 일도 있다고 한다.

입구에는 '자연사랑, 나라사랑, 제주사랑'이라는 표어가 표지판에 쓰여 있다. 그렇게 쓴 이유가 나무와 꽃과 자연석들이 자꾸만 사라져서 그렇게 써 놓으면 깨닫는 바가 있지 않을까 싶어 써놓은 것이라 한다. 입구에 대문을 만들면 어떤지를 여쭈었더니 소용이 없다고 한다. 자신의 이익을 위해 허락을 구하지 않고 꽃과 나무를 가져가는 사람에게 미운 내색을 하지 않는 너그러움에서 꽃과 사람을 진정으로 아끼는 마음이 느껴진다.

구석에 비석이 세 개가 있는 내력을 설명해 주었다. 산둥 출신인 부모님의 묘를 이장하면서 비석이 남았는데 버릴 수가 없어서 부모님의 고향 방향으로 세워놓았다는 말씀에 가슴 찡하다. 상사화가 피었던 흔적을 보며 꽃이 피었을 때를 보지 못하여 안타깝다고 하자 휴대전화에 사진으로 저장해 놓으셨다며 보여주었다. 나이가 지긋하셔도 꽃에 관한 대화에 생기가 도는 그분의 얼굴이 노을처럼 아름다웠고 낯설지가 않다.

언덕 위에 정원이 없어도 마음의 정원을 아름답게 가꾸는 사람들이 있다. 그러기에 외진 곳에서도 꽃은 피어나고 아름다움과 향기를 잃지 않는 희망의 꽃 또한 시들지 않고 피어나고 있는 것이리라.

지상 최고의 경기

'지상최고의 게임'은 1913년 US오픈의 실화를 바탕으로 한 골프 영화다. 해리바든은 어려운 환경을 이겨내고 이미 성공한 영국의 골퍼이며, 프란시스 위멧은 해리바든처럼 골퍼가 꿈인 소년이다. 프란시스가 골퍼로서의 꿈을 키워 가는 소년기에 해리바든을 팬 미팅에서 만난다. 해리바든은 팬 미팅에서 프란시스가 날린 골프공이 엉뚱한 방향으로 날아가자 그립을 잡는 방법이 잘못되었음을 발견한다.

손에 잡은 살아있는 새를 다치지 않게 하려면 어떻게 해야 하는지에 대한 예를 들어 풀이 죽은 소년에게 그립을 잡는 법에 대해 조언을 한다. 그리고 절망적인 순간에도 절대 포기하면 안 된다며 소년에게 용기를 북돋운다.

학교를 하루 쉬게 하고 아들의 꿈을 위해 성공 가도를 달리고 있는 해리바든을 만나게 한 어머니의 아들에 대한 사랑과 믿음이 고난과 역경을 극복하고 꿈을 향해 나아갈 방향을 제시한다. 인생이란 어떤 사람을 만나는지에 따라 삶의 질이나 성공 여부가 달라질 수 있다. 자신을 신뢰하고 격려를 해주는 사람을 위해 함부로 실망을 안겨주려고 하지 않을 것이다. 고난과 역경을 넘어야 하는 위기의 순간은 종종 찾아온다. 자신에게 실망할 수도 있고 주위 환경에 좌절하여 포기할 수도 있다. 포기란 맨 마지막에 해도 늦지 않다. 선불리 그 단어를 사용한다면 더 심한 좌절과 고통의 맛을 경험하게 될 것이다. 프란시스 위멧의 삶에는 꾸준히 그의 재능을 안타까워하면서 격려를 해준 긍정적인 사람들이 있다. 격려는 발전을 돕는 매우 긍정적인 요인으로 작용할 것이다.

긍정의 힘은 위기의 순간에 긴장을 극복하고 지혜롭게 넘길 힘을 불어넣는다. 골프를 극구 반대하면서도 아들을 지켜보는 아버지의 서투른 사랑은 이 땅 위에 사는 아버지들의 모습이 아닐까 한다. 자신이 받았던 상처가 아들에게 되풀이될까 봐 모질게 대하면서도 아들의 승리 앞에서 누구보다 기뻐하고 마음을 나누는 부자지간의 강한 눈길은 진한 감동을 준다.

프란시스 위멧의 승리는 결코 거저 얻어진 것은 아니다. 게임을 하는 날이 항상 최상의 날씨를 보장하는 것은 아니다. 뜻하지 않은 장애물을 만날 것을 고려해야 한다. 최악의 상태에서 위기를 극복할 다양한 준비와 끊임없는 노력이 필요하다.

장애는 자연과 주변 환경, 마음 상태에서 비롯될 수 있다. 특히 마음에는 수많은 계절의 변화가 들어있다. 갈등을 겪을 때는 파란 하늘의 모습을 보기가 쉽지 않을 것이다.

폭풍우를 동반한 마음의 변화를 잘 다스려야만 그것을 슬기롭게 극복할 지혜의 힘이 생겨난다. '마지막'이란 말은 마음 변화의 극과 극을 달리게 한다.

마지막이기 때문에 안도할 수 있고, 마지막이기 때문에 심적인 부담이 최고조에 달하여 마음의 평정을 유지하기가 쉽지 않다. 마지막 한순간이 성공과 실패, 획득과 손실, 절망과 희망을 가름한다.

마지막 코스에서 1타 차로 심한 갈등을 겪는다. 하지만 자신을 추스르고 평정을 되찾고 샷을 날린다. 마지막 볼을 홀 컵에 넣었을 때 위기를 극복하고 이룬 성공에 대한 보답으로 열광하는 관중들의 환호가 기다리고 있었다.

진 것을 인정하고 자신을 누르고 이긴 프란시스 위멧의 성공을 진심으로 축하해주는 해리바든은 마음도 배려도 프로였다. 그 배려는 최상의 품위 있는 행동이었다. 상대를 인정해주는 그런 배려가 결코 자신의 품격을 떨어뜨리지 않는다. 자신의 패배를 인정하는 일이기 때문에 상대의 실력을 인정하는 일은 결코 쉬운 일이 아니다.

우리는 인생의 산을 넘고 있으며 지금도 수많은 게임이 진행되고 있다. 정해진 규칙을 따라야 할 때가 있으며, 자신의 양심과 실력에 따라 자신만의 방식으로 진행해야 하는 경기가 있다. 노력의 결과로 장타를 날리는 방법을 깨우치게 되고, 장애물을 지혜롭게 넘는 긍정적인 방법들을 발견하기 시작하는 단계에 이르면 삶을 바라보는 너그러움과 여유가 생겨난다. 그러기에 장애물을 만나더라도 의지가 쉽게 무너지지 않는다. 동기부여는 한 편의 영화에서도 비롯될 수 있다.

　어려움을 극복하고 얻은 성공의 결과는 대리만족과 할 수 있다는 신념을 일깨운다. 특히 어려움에 부닥친 현재 상황을 극복하고 나면 얻을 수 있는 미래에 대한 희망의 메시지를 전한다. 우리는 지금 지상 최고의 인생 경기를 하고 있는 것이다.

기축년을 맞이하며

　성현들이 우리에게 주었던 인생의 등불과도 같은 위대한 명언과 깨달음을 얻게 해 준 삶의 철학을 재확인할 수 있었던 『인생고수』(안광복 지음)라는 책을 접하게 되었다.

　시체 태우는 연기가 끊이지 않는 굴뚝을 바라보며 살아가야 하는 희망 없는 삶의 현장인 생지옥 아우슈비츠의 현실 가까이에 있지 않은 것만으로도 우리의 삶은 감사할 거리와 긍정적인 희망의 이유들을 가까이에 두고 있다.

　경제 한파가 휘몰아치고 있는 현실의 각박하고 처절한 생존경쟁이 바로 코앞에 존재하고 있지만 전쟁 포화 속에서도 살아남아 성공을 일구어낸 인간승리의 사례가 있듯 부정적인 세태의 흐름 속에서도 분명히 긍정적이고 발전적인 삶의 방향이 존재하고 있다. 종종 고난은 우리를 힘겹게 하지만, 이 때문에 인생은 더 행복해질 수 있다는 본문의 내용이 요즘 중년의 위기와 경제 한파의 어려움을 딛고 일어서는데 긍정적인 요인으로 작용할 수 있지 않을까 생각한다.

부모 세대가 4·3의 고통과 6·25 전쟁의 참상을 직접 목격하고 체험하며 극한 상황을 이겨내었다. 그렇게 해서 오늘날의 눈부신 경제성장을 일구어낸 것을 감안한다면 경제위기를 타파할 긍정적인 요소가 있음을 숙고할 필요가 있다. 채우기 위해서는 반드시 비운 공간이 필요하다. 공간은 한정되어 있다. 한정된 공간의 질서를 유지하기 위해서는 비워내고 채우는 작업이 필요하다. 성현들이 터득한 삶의 지혜가 우리의 비운 공간에 들어와 출렁이는 이유는 내면의 깊은 성찰을 통한 삶의 철학을 현실에 적용시켰기 때문일 것이다.

내면을 가꾸지 않고 외향적인 삶에 치중했다면 우리가 느끼는 감동은 결코 오래가지 못했을 것이다. 높은 곳만을 향해 나아가는 것도 중요하지만 현실에서 타인을 배려하고 자기만족을 줄 수 있는 행복의 요소들은 널려 있다. 사람과의 교류를 떠나서는 살 수 없고 다른 사람들이 내게 보내는 평판을 그냥 흘려보내는 일 또한 쉽지 않다. 그러나 너무 평판에 현혹되다 보면 자신의 중심이 흔들리기 쉽다. 주어진 일에 최선을 다하고 타인에게 피해를 주지 않는 건전하고 성실한 삶을 살고 있다면 다른 사람의 평판에 연연하며 시간 낭비할 필요가 없지 않을까 생각한다. 그래서 니체는 자기를 사랑하고 현실을 긍정하라고 했다.

칸트는 말했다. "네가 하려는 바가 마치 자연법칙처럼 보편적으로 적용될 수 있게끔 행동하라." 칸트가 이렇게 내가 하려는 바가 마치 법칙처럼 누가 해도 무리 없는 일인지를 검토해보라고 한 것은 매우 의미가 있다. 자신의 능력과 한계를 간과한 체 너무 많은 것을 얻으려는 욕심에 집착한다면 좌절과 실망과 인생 자체에 대한 회의로 이어질 수 있을 것이다. 인기는 썰물과 밀물 같아서 오래 머물지 않는다. 가장 강력한 적은 자신이다. 내부의 적인 자기 자신을 경계할 필요가 있다. 인기에 집착하고 성공에 집착하며 누가 해도 무리 없는 일에 대한 검토를 게을리하여 자신의 한계를 잊어버린 채 무리한 경쟁과 인기를 얻으려는 계획은 결국 자신을 매우 고통에 허덕이게 하는 결과를 낳을 수 있다.

눈앞의 이익이 종종 판단을 흐리게 한다. 그래서 코비는 인생에서 진정 중요하고 소중한 것이 무엇인지 먼저 생각하라고 물음을 던졌는지 모른다. 눈앞에 이익에 급급하여 소중한 무언가를 잃는 엄청난 대가를 치를 수 있다는 것을 간과해서는 안 된다. 무엇인가를 얻기 위해서는 분명히 잃는 것이 있게 마련이다. 모든 결과에는 원인과 이유가 있다. 원인과 결과는 모두 나에게서 출발한다. 성현들은 악조건을 긍정적이며 발전적으로 변화시키는 데 앞장섰다. 그리고 꾸준히 자기 계발을 하는데 망설이거나 멈추지 않았다. 만약 성현들이 지적 오만함으로 자만에 빠졌다면 우리는 그들의 삶에서 긍정적인 철학을 받아들이는데 망설였을 것이다. 하지만 극한 상황에 대처하는 성현들의 삶의 방식은 우리가 삶에서 지치고 고단할 때 치료제처럼 회복하고 앞으로 나아갈 방향을 제시한다.

고난과 역경을 뚜렷한 의지를 갖고 헤쳐 나가고 있거나 자기 계발에 멈추지 않는 의지를 가진 사람들이 인생고수의 범주에서 벗어나지 않을 것이다. 주어진 환경에서 나름대로 해석하고 상황에 맞는 대처 방법이 필요하다. 부정적인 방법이 결코 좋은 해결책을 가져오지는 않을 것이다. 성현들의 삶의 방식이 긍정적이며 정직과 올곧은 인품이 자리하는 까닭이다. 인생고수들의 공통점은 의지가 확고하고 주어진 삶에 대해 방관하지 않는 것이다. 악_惡에 맞서 정의롭게 대처하고 선_善을 행하는 데 주저하지 않는 것이었다.

칸트 묘비명의 의미를 되새겨 본다. "나의 마음을 채우고, 내가 그것에 대해 더 자주, 더 깊이 생각하면 할수록 늘 새로운 경외심과 존경심을 더해주는 것 두 가지가 있다. 머리 위에 빛나는 하늘, 그리고 내 마음속의 도덕법칙."
여유와 평화, 인내와 근면을 상징하는 기축년 소의 해에 진정 소중하고 중요한 것에 의미를 먼저 생각해 보아야겠다.

오리 길들이기

어느 겨울 새끼오리의 깜짝 출현으로 방학을 보내고 있던 아이들과 뜻하지 않게 오리를 키우게 되었다. 동네에는 오리를 키우는 곳이 없었고, 겨울이라는 점에서 새끼 오리의 깜짝 등장은 많은 의문점을 낳았다. 그냥 내보내면 개나 고양이의 공격을 받거나 먹이를 구하지 못하거나 추운 날씨를 견디지 못해 위험한 상황에 처할 것 같아 키우게 되었다.

우리의 울타리에 들어와서 머문 순간부터 안전하게 자연으로 돌려보내야 하는 의무와 책임을 부여받은 것이다. 사람마다 오리의 처리 문제를 놓고 다양한 방법들을 제시할 것이다. 식용으로 이용할 계획이라면 좁은 공간에 가두어 놓고 먹이만 주면 될 것이다.

그러나 우린 그런 계획을 전혀 고려하지 않았다. 그렇기에 오리가 속한 세계로 안전하게 돌려보내는 방법에 대해 고민해야만 했다. 까다롭지 않은 식성은 하루가 다르게 성장하는 즐거움을 주었다. 그러나 새장이 좁아 갈수록 귀엽고 어린 티를 벗으면서 예전과 다른 모습을 발견하면서 여러 가지 문제 또한 커지기 시작했다. 새장보다 더 큰 공간이 필요해졌고, 주변 환경을 깨끗하게 만들지 않는 습성과 왕성한 식욕으로 인해 집 안에서 밖으로 보내져야만 했다. 밥을 줄 때까지 멈추지 않고 짹짹거리는 소리는 새벽의 달콤한 잠을 방해하기에 충분했다. 심한 냄새와 함께 화단의 꽃들을 망가뜨리면서 자유로운 환경에서 활동 범위를 제한해야 하는 일이 발생했다. 그러자 오리와 우리의 관계는 우호적인 관계에서 서로를 경계하는 관계로 돌변했다. 우리가 오리의 활동 범위를 제한하자 먹이 줄 때와 물통에 물을 넣어주고 목욕할 기회를 줄 때를 제외하고 오리는 강력한 경계대상으로 우리를 지목했다.

　밖으로 내쳐진 순간 상처만 남고 지난날 함께한 기억을 지워 버린 듯 낯설고 어색한 관계가 흐르기 시작했다. 우리가 정한 기준을 벗어나자 오리는 공존하는 존재가 아닌 악의 무리로 규정지어졌다. 아무리 우호적인 태도를 보여도 경계를 늦추지 않고, 분풀이하듯 화단의 꽃을 망가뜨리며 눈에 거슬리는 행동을 일삼기 시작했다. 오리는 우리가 정한 기준에서 중죄를 저지른 존재가 되어가고 있었다. 오리의 습성에 대한 이해보다 우리의 편리성이 위협받는 부분에 대해서만 경계를 함으로써 오리와 우리 사이에는 긴밀한 지난날의 이해관계는 사라졌고, 죄목

들만 더욱 추가되어 어떤 협상을 해야 할 부분조차 남겨놓지 않게 되었다. 다가올 기회조차 거부해 버린 셈이 되고 말았다. 점점 뒷마당의 공간조차도 오리에게 양보하는 것이 마땅치 않은 일인 듯 자연으로 빨리 돌려보내야 한다는 결론에 도달했다.

어느 날 상자에 넣고 자연으로 돌아갈 준비가 전혀 되어 있지 않은 오리를 저수지에 놓아주려고 갔다. 전혀 날려고도 하지 않고 울타리 안에서 우리를 경계하던 오리를 저수지에 풀어놓자 익숙하지 않은 환경을 경계하는 것이었다. 오히려 우리를 경계하던 모습은 사라지고 우리가 물가를 따라 걸으면 따라오는 일이 발생했다. 익숙하지 않은 환경을 접하자 우리에게 향했던 경계를 풀고 동질감을 불러일으킨 모양이다. 우리를 그렇게 경계하던 마음이 돌변하여 우리 곁을 떠나려 하지 않는 결과가 나타났다. 자유를 주면 자유의 날개를 퍼덕여 날아오를 줄 알았던 우리의 기대가 공중으로 사라지는 순간이었다. 다시 집으로 데려와야만 했다. 인간이든 짐승이든 길들면 활동 범위를 확대해도 익숙한 환경에서 쉽게 벗어나지 못하는 것인가 보다.

저수지를 다녀온 후 오리와 우리 사이에는 경계 속에서 울타리만의 결속이 생겼다. 같은 울타리 안에 산다는 것은 억압을 주는 주체와 억압을 받는 대상으로 분리되어도 같은 울타리라는 이유로 동질감을 형성하는 것 같다. 오리가 성장함에 따라 발생한 여러 가지 복합적인 문제들이 우리와 맞지 않아 오리 전용공간을 마련해 주었다. 그러면 오리도 우리도 어느 정도 서로의 문제점을 양보하고 이해할 수 있는 타협점이 될 것으로 생각했다.

그런데 우리가 의도했던 것과는 달리 오리에게는 밖으로 내쳐진 부분이 상처로 작용했는지 우리를 경계하기에 이른 것 같다. 그런 부분들이 저수지로 데리고 간 이후 약간의 동질감을 불러일으켰는지 모른다. 결국, 자연으로 돌려보내는 데 실패했고, 아는 분을 통해 세계의 다양한 조류들을 키운다는 곳으로 보냈다. 우리 울타리에서는 오리도 우리도 서로 타협점을 찾을 수 없다는 결론에 이르렀다.

오리의 배설물은 날씨가 따뜻해짐에 따라 악취가 더욱 심해지기 시작했고, 뒷마당은 폐허를 방불케 했다. 그대로 둔다면 뒷마당의 화단을 복구하는데 많은 시간과 노력이 필요할 것이라는 결론이 내려졌다. 인간에게 길들여진 후 자신이 자유의 날개를 가졌음을 깨닫지 못함으로 인해 오리는 자유로운 하늘을 나는 일보다 일정한 억압에 길든 채 또 다른 울타리 너머의 세상을 보지 못하게 되고 말았다. 우리는 오리를 반려동물로 기르기에 적당하지 않음을 몇 개월의 경험을 통해 터득했다.

오리가 우리 울타리 안으로 들어온 날 스스로 되돌아 나가도록 방관해야 옳았을까. 좀 더 자연으로 돌려보내려고 노력해야만 했을까. 아니면 화단의 폐허가 되고 악취가 나더라고 참고 견디어야 했을까. 다른 무리와 잘 적응하고 있다고 하지만 우리의 책임과 의무를 다하지 않은 부분에 대해 아쉬움이 남는다.

인연 또는 우연

그 만남을 인연(因緣)이라고 할 수는 없다.

그날의 만남은 그저 스쳐 지났을 뿐 제2의 인연이 될 징후는 어디에도 없다. 우연이라도 어디에선가 마주칠 일은 없을 것 같다. 정말이지 마주친다면 그것은 인연이 되리라.

한림에 일이 있어 방문했던 아파트를 막 나오는데 나이 지긋한 아주머니 한 분이 마치 반가운 이를 만난 듯 아는 체를 하신다. 전혀 낯선 얼굴인데 당황하실까 봐 웃으며 인사를 건넸다.

뚫어지게 보고 나서야 착각했다며 닮은 사람인 줄 알았다며 겸연쩍어한다. 차 문을 열려는데 아주머니가 다가오시면서 요 앞까지만 태워 주면 안 되는지 물었다. 방향이 같으면 그러겠다고 했더니 ○○성당까지 간다며 가깝다고 해서 모셔다드리겠다고 흔쾌히 승낙했다. 오히려 도울 기회를 준 그분께 내가 고마울 따름인데 그분은 요즘 남을 선뜻 차 태워주지 않는다는 말을 하며 매우 고마워했다. 교회의 십자가를 보니 새삼 경건해진다. 얼굴 표정이 온화한 걸 보니 그분의 삶도 고단해 보이지 않아 다행이다 싶다. 짧은 거리였지만 그분은 고맙다는 인사를 몇 번이나 반복했다.

스치고 지나가는 인연이 때론 매우 가까운 거리에 있을 때가 있다. 연락처를 주고받고 했다면 그분과의 인연은 좀 더 길어지거나 연결고리를 갖고 재회할 기회를 얻을 수 있었겠지만 모든 만남이나 인연에 연결고리를 끼울 필요가 있는 것은 아니다. 단지 그분과의 기억은 어느 날인가 같은 방향이어서 모셔다드렸던 분으로만 기억될 뿐 사실 얼굴조차도 이미 잊어버렸다. 선한 미소만이 그날의 고마움처럼 기억될 뿐이다.

그런데 그날은 또 다른 스치는 인연이 기다리고 있었다. 한림에서 일을 보고 돌아오는 길이었다. 겨울 하늘이 가을같이 맑고 푸르렀다. 햇살은 부드럽고 바람도 온화한 그 아주머니의 미소 같았다. 일도 예정보다 빨리 끝나 맑게 피어오르는 오후의 햇살을 한껏 즐기면서 제주시 방면으로 차를 몰고 있었다. 구엄초등학교를 막 지나 신호를 보고 잠시 차를 세웠을 때였다.

조수석 창문을 두드리는 아주머니 한 분의 다급한 얼굴이 보였다. 유리창을 내리니 방향이 같으면 하귀까지 태워달라고 하신다. 일단 타시라고 했다. 등에 짐을 진 상태였고 손에는 스트로폼 박스까지 들고 계셨다. 버스를 한 시간 정도 기다렸는데 오지 않아 궁여지책으로 내 차를 세운 것이었다. 하귀보다 월산 쪽이 버스를 타기에 편리할 것 같아 그분께 그쪽으로 모셔다드리겠다고 했다. 아주머니는 아무 데라도 괜찮다고 했다. 아주머니는 왜 그곳에서 버스를 기다리게 되었는지 풀어놓았다. 집이 신촌인데 그곳에 있던 단골약국이 애월로 옮겨오면서 먼 곳까지 약을 사러 일부러 왔다고 한다. 하귀까지 태워달라고 한 것은 구엄보다 버스 타기가 훨씬 수월하여서 그곳까지 태워달라고 한 것이다. 그러면서 태워 준 것에 연신 고마워했다.

동행하는 시간이 길어지자 아주머니는 보따리를 풀어놓듯 많은 얘기를 풀어놓았다. 내가 보기에 60대 초반으로 보인다고 하자 75세라며 젊어 보이는 비결에 대해 말씀하셨다. 일본에서 건너와 매우 고생한 적이 있었기에 그것을 잊지 않고 베푸는 데 인색하지 않은 삶을 살아왔다고 한다. 그것들이 자식들에게 전달되었는지 아들 셋이 다 박사고 막내 며느리는 육지 모 대학 교수이고 선생님 부부도 있으며 모 은행 지점장을 사위로 두고 있다고 했다. 처음에는 자랑이 지나치다 싶었다. 그러나 그분은 신앙이 있고 항상 베푸는 삶으로 인해 젊어 보이고 인상이 좋아 보이며 부모가 베푸는 것이 자식에게 영향을 준다는 말씀을 전하기 위해 자식들의 성공을 낱낱이 이야기한 것이었다.

처음에는 월산 쪽에 내려드릴 예정이었으나 그분의 말씀이 계속되고 이왕 온 것 조금만 더 그분의 편의를 위해 노형에 내려드리기로 했다. 그분이 잠시 말을 끊었을 때 내가 돌아갈 곳을 지나쳐 온 것에 대해 설명해 드리니 눈물을 흘리시며 고맙다고 하신다.

나이 드신 분께서 고마움에 대해 이토록 감동의 눈물로 표현하는 것을 본 적이 없었던지라 당황스러웠다. 그분께 인생 선배로부터 좋은 얘기를 들을 수 있어서 오히려 고맙다고 말씀드리고 진정을 시켰다.

노형의 버스정류소에 내려드리니 집 위치를 알려주시면서 그쪽을 지날 일이 있으면 들려달라고 신신당부하시다. 인연이 닿으면 또 만나게 될 것이라는 말로 위로하고 그분과의 인연을 스쳐 보냈다. 방금 내려드린 아주머니도 성당에 다닌다고 하셨고, 아파트 입구에서 마주친 아주머니 또한 성당에 다니신다고 했다. 선행하였을 수도 있지만, 오히려 남을 도울 기회를 주신 그분들께 고마워하고 싶던 날이다. 어떤 인연의 끈이 내게 그분들을 만나게 했는지 모르겠지만 두 분 다 삶의 단추를 잘 끼우고 계신듯하여 그 삶이 전해진 듯 무언가 충만함이 차오른 기쁜 동행이었다.

이 땅 위에 어머니들이 종교에 의지하거나 또 다른 정성을 들이면서

먼 길 마다치 않고 자식을 위해 무거운 짐을 이고 지고 스쳐 가는 인연
으로든 열심히 살아가고 있는 모습을 통해 인연과 스침의 의미를 되새
겨보았다.

행복한 동행

    세상은 살아 볼 만하다. 세상은 감사할 것 천지다. 사소한 것에서 행복의 조건을 찾기 시작한다면 무궁무진하게 널려 있는 행복의 조건들을 어렵지 않게 발견할 수 있을 것이다.

    힘들었던 과거를 지니지 않은 사람이 과연 얼마나 될까. 많이 가졌든 적게 가졌든, 누구에게나 고통이나 시련은 밀물이나 썰물처럼 밀려왔다 밀려간다. 파도는 잔잔할 때도 있고 폭풍을 동반하여 매우 거칠어질 때도 있지만 대부분 평온한 바다의 잔잔한 물결을 많이 보게 된다. 넓은 바다에는 수많은 사연이 작은 고깃배나 원양어선이나 여객선처럼 여러 형태로 떠다닌다. 때론 풍랑을 만나 침몰하기도 하고 구조를 받기도 하며 평탄한 항해를 한다.

모두가 바라는 것은 만선의 기쁨으로 출렁이는 것이다. 때론 유람선을 타고 멋진 여행을 꿈꾸기도 한다. 삶은 자신이 원하는 방향으로 나간다. 성공을 향해 노를 저으면 노를 젓는 순간은 매우 힘든 시간을 보낼 수 있겠지만 고통을 넘어서면 또 다른 삶의 모습을 발견할 수 있다. 지금의 삶에 편안하게 안주할 수도 있지만 그러면서 세월을 그냥 흘려보내기에는 배워야 할 것과 알아야 할 것이 참으로 많다.

　가끔 나는 새벽에 한라산을 오를 때가 있다. 어둠도 걷히지 않은 이른 새벽인데도 분명 그곳에는 이미 산에서 내려오는 부지런한 사람들이 있다. 캄캄한 어둠 속에서 그들이 본 것은 무엇일까. 그들에게는 어둠을 뚫고 오르는 산행에서 무엇인가 얻은 것이 있어서 이른 산행을 하는 것이리라. 달콤한 잠의 유혹을 과감하게 떨치고 일어나게 한 매력이 이른 산행을 하게 한 것이리라. 여명 속에서 밝아오는 아침 해를 맞는 풍경은 참 좋다. 어둠 속에 둘러싸인 숲이 잠에서 깨어날 때 깨끗한 느낌, 갓 세수하고 나온 아이의 해맑은 얼굴처럼 그런 아침을 만나는 일이 참 좋게 느껴진다. 조금만 부지런하면 얻을 수 있는 행복의 조건들은 사방에 널려 있다. 대부분 어린 시절을 얘기할 때 그때는 참 힘들었다며 세월을 반추한다. 그렇기에 지금 사는 순간순간에 감사하지 않을 수가 없다.

　도전은 도전하는 사람에게 성취라는 뿌듯함을 안겨 준다. 현재의 삶에서 조금 더 부지런하다면 도전하면서 얻을 수 있는 만족이나 성공의 요소는 많다. 원하는 방향으로 노를 저으면 그 방향으로 흘러간다는 사실을 이미 경험이 알려 주었을 것이다.

많은 핑계는 게으름과 결탁하여 나약해질 때 위력을 발휘한다. 그 위력을 꺾기 위해 긍정적인 생각들과 함께해야 한다. 긍정의 힘은 놀라운 힘이 있다. 긍정의 힘은 너그럽지만, 절대 자만하지 않는다. 천천히 한 발 한 발 산을 오르는 것처럼 자기 조절을 해야 한다. 정상에 오르고 나면 산을 잘 내려오는 법이 필요하다.

산에서 내려올 때는 정상정복의 만족감과 정상을 오르기 위해 쏟아 버린 에너지로 인해 긴장이 풀려 넘어지기가 쉽다. 그래도 용감하게 뛰어서 산에서 내려오는 사람들을 어렵지 않게 볼 수 있다. 놀라운 에너지를 가진 그들은 또 다른 산을 넘기 위해 뛰어서 내려가야만 하는 절박한 사연이 있는지도 모른다. 하지만 산은 여유가 필요하다. 느긋하게 걸으면서 주변 풍경을 바라볼 여유를 가질 필요가 있다. 풀 한 포기, 나무 한 그루, 그 사이로 얼핏 보이는 하늘과 모습이 보이지 않는 새의 노랫소리 등이 조화롭지 않은 것이 없다. 죽어서도 온전히 버섯에 자신에 몸을 내주고 있는 나무의 모습은 우리 삶에 아름다운 요소들과 무관하지 않다.

장기를 기증하고 자신의 몸 일부를 나눠주는 고귀한 희생이 또 다른

행복한 동행

생명을 살려내고 새로운 삶을 살게 하는 아름다운 사람들의 모습을 떠올리게 한다. 어린나무에는 이끼가 끼지 않고, 오래된 나무일수록 푸른 이끼로 덮여 있거나 자신을 옥죄고 있는 덩굴 식물과 공존하는 모습은 혼자서 존재할 수 없다는 삶의 진리를 눈을 통해 말없이 보여준다.

눈이 온 산을 뒤덮었을 때는 눈빛에 취해 눈에 가려진 나무의 고통을 보지 못한다. 눈의 무게로 나무는 쓰러지거나 가지가 부러지기도 한다. 아름다움 뒤에는 희생이 있다.

양지에는 양지식물이 음지에는 음지식물이 그들만의 생존방식으로 자연스럽게 조화를 이루어 내는 모습은 어울림이란 단어를 떠올리게 한다.

경제가 어렵다, 삶이 팍팍하다 해도 세상에는 아름답고 팍팍하지 않은 일들이 참으로 많다.

새로운 일을 시작할 기회가 온다면 기꺼이 그렇게 할 필요가 있다. 두려움을 갖기 시작하면 두려움의 노예가 되어 어떤 일을 하든지 손발이 묶이어 제대로 자신의 능력을 발휘할 수 없다.

인생은 마라톤이다. 출발이 늦었다고 모두 늦은 것은 아니며 시작이 빠르다고 훌륭하게 완주한다는 보장은 없다. 느림의 미학도 있다. 이왕 하는 마라톤 즐겁게 즐기면서 한다면 피로의 누적은 쉽게 진행되지 않을 것이다. 빨리 달리는 것만이 목적이 아닌 가족과 이웃과 일터와 새로운 시작 사이를 조화로움으로 엮어 나가다 보면 행복이 곁에 동행하고 있음을 느끼게 될 것이다.

제 4 부

사랑의 공식

　중학교 입학식을 앞두고 심한 열병을 앓았다. 며칠 동안 열이 펄펄 끓고 아무것도 먹지 못하여 피골이 상접한 상태에 이르렀다. 아픈 것이 다 나으면 학교에 가라며 아버지께서 만류하였지만 입학식에 참석하겠다고 고집을 부렸다. 중학교에 입학한다는 기대와 처음 입어보는 하얀 칼라가 달린 교복이 그렇게 예뻐 보이고 새로운 친구들의 얼굴이 궁금하여 아버지의 만류를 뿌리쳤다. 아버지는 뼈만 앙상하게 남은 딸의 모습을 지켜보다가 고집을 꺾지 못하고 입학식에 입고 갈 교복에 하얀 칼라를 손수 바느질해서 달아주었다. 따뜻한 물에 수건을 빨아 세수조차 힘겨워하는 내 얼굴을 닦아 주었다. 걱정에 가득 찬 얼굴로 배웅을 나온 아버지를 뒤로하고 버스에 올랐다.

행복한 동행

입학식에 대한 기억에는 하얀 칼라를 손수 달아주고 따뜻한 물수건으로 얼굴을 닦아 주시던 아버지의 따스한 모습이 함께 한다. 사랑은 이렇게 하는 거라고 직접 말씀으로 가르쳐 주지 않았지만 칼라를 달아주고 걱정스러운 얼굴로 딸의 얼굴을 말없이 닦아 주던 그 손길에는 아버지만의 사랑의 표현 방식이 들어 있었다. 버스 정거장까지 따라와 안타까움과 걱정이 가득한 눈빛을 보내던 아버지의 눈 속에도 숨길 수 없는 사랑이 들어 있었다. 사랑이 말로만 전달되는 것이 아니라는 것을 종종 삶 속에서 발견할 수 있다.

낯모르는 이에게 장기를 기증하여 새 삶을 살게 하는 힘은 이웃을 진정으로 사랑하는 힘이 낳은 결과일 것이다. 또한, 낯모르는 이들에게 조건 없이 마음을 모아 전하는 기부나 이웃돕기는 우리 사회의 따뜻한 면을 들여 다 볼 수 있는 사랑의 또 다른 실천 방법이다. 부성애나 모성애를 포함한 사랑의 힘은 기적을 불러일으킨다. 꽃이나 나무에도 칭찬을 해주면 무럭무럭 잘 자라지만 부정적인 말을 계속 들려주면 좋지 않은 결과가 나타난다고 하는 것을 보면 식물이나 동물, 인간에게 미치는 사랑의 에너지가 매우 특별한 힘을 가졌음을 알 수 있다.

어느 봄이었다. 제비의 애절한 울음소리에 나가보니 새끼제비가 바닥에 떨어져 있었다. 다행히 잔디밭에 떨어져 생명에는 지장이 없었다. 부화한 지 얼마 되지 않아서인지 날지도 못하는 상태였다. 어미 제비의 간절한 울음만으로는 결코 해결책을 찾을 수 없을 것 같았지만, 그 간절한 울음이 우리에게 전달되어 사다리를 놓고 둥지로 넣어 주게 했다. 그제야 안심하고 울음을 멈추던 어미 제비의 간절함 속에도 사랑이 들어 있었을 것이다.

언젠가 사무실 유리창이 크게 흔들리며 무언가 심하게 부딪치는 소리가 났다. 놀란 마음을 추스르고 밖으로 나가려다가 멈추었다. 직박구리 한 마리가 바닥에 쓰러져 있다. 상태를 확인하기 위해 나가려다 멈추었다. 곁에 다른 한 마리가 앉아 있는 것이었다. 부딪친 한 마리는 움직임이 없다. 방해가 될까 봐 한참을 가까이 다가가지 못한 채 지켜보았다. 한 마리는 두리번거리며 경계의 눈빛을 보낸다. 자유롭게 날던 비행에서 갑자기 제 짝이 쓰러진 상황을 맞았으니 혼란과 공포와 두려움을 느꼈을 것이다.

우리에게 창은 안과 밖을 보고 비바람을 막아 주는 고마운 존재지만 새에게는 위험한 덫이 되곤 한다. 종종 새들이 유리창을 보지 못하고 희생을 당하는 것을 몇 번 보았기에 움직임이 없는 새의 생명도 기대할 수 있는 상황이 아니었다. 이미 쓰러진 새의 생명도 중요했지만 애처롭게 그곳을 떠나지 않는 다른 새에게 관심이 쏠렸다. 새가 떨어진 곳은 고양이나 아이들이 지나다니는 곳이기에 또 다른 위험이 존재했다. 그런 위험을 알고 경계했는지는 알 수 없지만 30여 분을 두리번거리기만 할 뿐 그곳을 떠나지 않고 제 짝을 염려하고 있는 모습에서 특별함이 느껴졌다. 간절함이 닿았을까 움직임이 없던 새가 움직이기 시작했다. 처음 얼마 동안은 정신이 없는지 머리를 몇 번 흔들고 비틀거렸다. 잠시 시간이 흐르고 두 마리가 힘차게 비상하는 것이었다. 참으로 기쁜 순간이었다. 간절함으로 지켜보던 새의 염원을 외면하지 않고 일어선 새에게서 그들만의 특별한 사랑의 방식을 발견했다.

사랑은 곱셈과 나눗셈, 덧셈과 뺄셈의 다양한 공식으로 구성되어 있다. 무한대로 나눌 수도 있고, 무한대로 곱할 수도 있다. 미워하던 대상이 있다면 그 미움을 빼는 역할을 사랑이 할 수 있으며, 사랑에 사랑을 더하면 더욱 깊고 따스한 사랑의 공식들이 생겨날 수 있다.

새끼 제비를 구해내고, 쓰러진 제 짝을 일으켜 세우고, 이웃에게 새 삶을 안겨주고, 종종 기적을 일으키는 놀라운 힘은 계산을 잘해야만 얻을 수 있는 결과가 아니다. 마음을 다해 마음을 전한다면 셈이 서툴러도 자동으로 마음을 움직이는 힘이 생성될 것이다.

세계평화의 섬 제주, 여성의 역할

지방자치단체 차원에서 지정된 평화도시는 일본 히로시마, 독일 오스나브뤼크, 스위스 제네바 등이 있지만 국가 차원에서 '평화의 섬'으로 지정한 사례는 제주도가 처음이다. 국가가 세계평화의 섬으로 지정한 것은 매우 드문 일이기에 '세계평화의 섬 제주'는 중요한 의미를 지니고 있다고 할 수 있을 것이다. 제주국제자유도시특별법 제12조 1항에 "국가는 세계평화에 기여하고 한반도의 안전과 평화를 정착하기 위하여 제주도를 세계평화의 섬으로 지정할 수 있다"고 규정하고 있다. 이 내용을 참고한다면 세계평화와 한반도의 평화에 기여하는 큰 역할이 제주도에 부여된 것이다. 이런 관점에서 제주에 사는 여성으로서 해야 할 역할이 무엇인가를 생각해 본다.

북한에 감귤과 당근 보내기운동, 제주평화봉사단의 활약이 평화와 관련된 행사라는 것을 알고 있는 도민이 과연 얼마나 될지, 대내외적인 홍보 부족이 도민들이 적극적으로 참여할 기회를 멀리하고 있는 것은 아닌지 의문을 제기해 본다. 가족들과 평화의 섬에 관한 토론의 시간을 가져보았다. 가정에서 평화를 이루고 우리 제주도민이 저마다의 마음속에 평화가 깃들 때만 대외적인 평화도 이룰 수가 있을 것이다.

손님을 집으로 초대할 때 준비가 제대로 되지 않은 상태에서 손님을 맞이하는 주부는 없을 것이다. 손님에게 대접할 음식이 가장 맛있는 상태, 집 안팎의 청소나 환경이 제대로 정리정돈이 잘 되어 있고 집이 가장 아름다운 상태의 모습을 집에 초대하는 반가운 사람에게 보여주고 싶을 것이다. 이렇듯 가정에 손님을 초대하는 일도 매우 신경이 쓰이는 준비가 필요한 일이다. 손님들의 입맛과 시각적인 효과를 누릴 수 있는 관광지의 물색과 숙박의 편리성, 접근성이 용이한지 등을 따져보지 않을 수가 없다. 평화의 섬에 대한 이미지를 선명하게 심어주는 것은 첫인상에 달려 있다고 해도 과언이 아니다. 사람의 첫인상이 중요하듯 초대받고 간 첫 방문에 대한 인상이 좋고 나쁨이 재방문을 결정하는 중요한 요소가 될 것이다. 제주를 방문하는 사람들에게 평화스러운 제주인의 미소가 좋은 인상을 줄 것이다. 그러므로 제주인들은 아름다운 미소로 서로를 대하여야 할 것이다. 외부에서 제주를 찾는 사람과 도민 서로 간에 평화스러운 미소를 지을 수 있도록 좀 더 노력해야 할 것이다.

제주적인 것이 세계적임을 우리는 알고 있다. 어느 집에나 있는 것을 다른 집에서 보기를 원하지 않을 것이다. 그 집을 방문했을 때는 그 집만의 특색을 보기를 원할 것이다. 제주는 결코 개성이 미약한 도시가 아니다. 섬이라는 지리적 특성과 제주만이 가질 수 있는 수려한 자연경관으로 인한 관광지가 곳곳에 있어서 관광객을 꾸준히 불러들이는 작용을 하고 있다.

제주의 자연을 고려하여 환경과 인간이 조화를 이루는 자연과의 평화를 이루는 세계평화의 섬이라는 모습도 괜찮지 않을까 생각해 본다. 히로시마가 평화 도시 이미지 구축을 위하여 지속적인 국제적인 활동을 하고 있으며, 반핵평화도시로서 연간 130만 명이 방문하고 있다는 사실을 숙지해볼 필요가 있다. 관광과 평화운동을 조화롭게 연결하면 명분과 실리를 동시에 추구할 수 있을 것이다.

2005년 1월 27일에 세계평화의 섬으로 지정된 이후 과연 제주 여성들은 평화의 섬에 대해 얼마나 인식하고 있으며 평화의 섬에 대해 자부심을 느낄 수 있는 참여의 기회를 부여받았을까. 적극적인 동참 의지를 어느 정도 갖고 있을까? 제주의 여성들은 예로부터 강인한 이미지를 갖고 있다. 생활력이 강하고 부지런하여 노후를 자식에게 의존하지 않으며 독립적인 존재로서 확고한 의사결정을 하거나 일을 추진하는 데 망설이지 않는 위치를 차지하고 있다. 그런 여성들이 평화의 섬 구축

행복한 동행

에 동참을 하지 않을 이유가 없다.

　이미 우린 우리가 원하든 원하지 않던 평화의 섬으로 지정된 제주에 살고 있다. 그것만으로도 우리의 섬에 부여된 우리의 특권인 세계평화의 섬에 관하여 관심을 기울일 필요가 있는 것이다. 관심 없이는 어떤 것도 발전을 기대하거나 긍정적인 효과를 기대하기 어려울 것이다. 남북한교류에도 협력이 필요하고 국제회의를 유치하는데도 다양한 협력이 필요하다. 막연히 지켜보기보다는 적극적인 참여를 하는 것이 제주와 제주 여성의 위상을 높이는 원동력이 될 것이다.

　국제 자유도시이며 세계평화의 섬으로 지정된 아름다운 제주! 아름다운 관광지가 지척에 있고 깨끗한 바다와 맑은 공기를 가진 천혜의 자연이 곧 자원인 제주에 우리는 살고 있다. 제주도민이면 누구나 주인이며 주인은 자신이 속해 있는 곳의 평화가 지켜지길 원할 것이다. 그러기 위해서는 평화의 섬으로 지정된 제주에 대하여 적극적인 평화를 위하여 자부심을 느끼고 긍정적인 관심과 함께 협력이 필요할 것이다.

보리밭에서 황금 들녘을 보다

보리는 선사시대 에티오피아 고지대와 남동 아시아에서 재배가 시작되어 BC 5000년에 이집트로, BC 3500년에 메소포타미아로, BC 3000년에 유럽 북서부로, BC 2000 년에 중국으로 퍼져 나간 것으로 알려져 있다. 한국에는 고구려의 주몽이 부여의 박해를 받아 남쪽으로 내려올 때 지니고 내려왔다고 전해지는데 16세기 유럽의 많은 지역과 그리스, 로마 등지에서 빵을 만드는 주재료로 널리 사용되기도 했다.

겨울에 돋보이는 보리밭은 나에게 낭만이 아니었다. 보리 사이로 뽑아내야 할 풀들 탓에 심술은 보리밭보다 더 넓어져 갔다. 김매기 할 때마다 시간은 할머니의 걸음보다, 황소걸음보다 더디게 흘렀다. 뒤돌아보면 한숨, 앞을 보면 앞서가는 사람들의 뒷모습만 아득하여 또 한숨이

나왔다. 할머니는 흥에 겨운 듯 타령을 하시면서 김매기에 열중한 채 게으른 손녀의 심통 따위는 뽑는 풀보다도 관심이 없으셨다.

 어린 시절은 여기서 멈출 것만 같아 답답증이 일었다. 김매기를 하는 어른들은 도란도란 정다운 얘기도 나누고, 돌아가면서 노래를 부르기도 하면서 일사천리로 김매기를 하였고 그런 모습이 부럽기도 하고 야속하기도 했다. 어린 나의 눈에 비친 보리밭은 바다의 수평선처럼 아득하기만 할 뿐인데 어른들은 아무런 불평도 하지 않고 때론 묵묵하게, 때론 가벼운 웃음이 보리밭 물결처럼 잔잔하게 흘러나오곤 했다.

 보리를 잘 밟아주어야 튼튼하게 자라는 이유도 잘 다져놓은 어린 시절의 푸른 보리밭이 봄날 여문 결실을 보리라는 것도 어린 나에게는 귀찮은 일이었을 뿐이었다.
 보리밭이 황금으로 물들기 시작하면 또 다른 고민에 빠졌다. 보리 수확을 하게 되면 보리 끝에 달린 가는 털들이 가려움을 주고 고통을 주었다. 묶어 놓은 보리를 나르는 일은 아이들의 몫이었고 가려움은 어른들의 수고 앞에 투정으로밖에 비치지 않을 수도 있었다. 그렇다고 일손이 부족한 상황이라 투정이 먹혀들어 갈 리도 만무했다.

 보리를 베는 일도 일손이 부족하여 아이들의 노동력이 동원되고는 했다. 태풍이 할퀴고 지난 뒤의 보리밭 베기는 인내심이 있어야 했다.

사방팔방으로 누운 보리를 잘 모아 낫으로 베어야 하는데 그것은 몇 배의 힘이 있어야 하는 일이었다. 때론 보리밭에 알을 낳은 꿩이 놀라 푸드덕거리며 날 때는 낫을 팽개치고 꿩 알을 찾아 헤매는 일이 유일한 즐거움이기도 했다. 썩은 꿩 알을 발견할 때쯤엔 안타까움이 교차했다. 종종 까투리들이 어미를 따라 종종거리며 따라가는 모습은 봄날처럼 따스하게 다가오곤 했다.

지난 것은 또 아름답게 가슴에서 빛난다는 것을 알지도 못할 시기였고, 푸르게 흔들리던 보리밭이 겨울을 지나고 나면 황금 들녘 같은 봄의 미소가 기다리고 있음을 알기에는 너무 어렸다.

그때 나는 성장하고 있었다. 사춘기는 가장 예민함으로 무장한 시기다. 너그럽게 자신을 돌아보거나 경험 부족에서 오는 조급함을 어떻게 여유롭게 대처하는지에 대한 방법을 알지 못할 시기였다. 방법을 알려주어도 물과 기름처럼 융화가 되지 못하는 시기였다.

정답이라 하더라도 예민함은 그것을 인정하려 들지 않았다. 어른과 성장기 사이에 존재하는 경계는 무조건적인 반항으로 이어지곤 하는 시기여서 모든 것이 낯설고 어설프면서도 어른들의 행동이나 삶의 방식을 이해하려고 하거나 인정하려고 하지 않았다.

어른들은 경험에서 나온 지혜를 바탕으로 삶의 고단함을 일하면서 풀어내는 방법을 터득했지만, 한창 날이 선 칼날처럼 예민한 성장기인

행복한 동행

그 시절에는 자유롭게 산과 들로 뛰어다니며 노는 자유의 억압이 날을 서게 하고 심통을 부리게 하였을 것이다. 그런 것들은 시간이 다듬어 줄 것이라는 사실을 할머니께서는 이미 알고 아무런 반응을 보이지 않고 타령을 불렀는지도 모른다. 보리를 벨 시기가 오면 한차례 태풍이 지나곤 한다. 잘 여문 보리밭이 태풍의 영향으로 누워버리면 농부는 썩는 피해를 줄이기 위해 서둘러 일으켜 세우는 작업을 해야 한다. 이렇듯 보리밭이 황금 들녘으로 물들기까지는 비바람, 눈보라를 거치고 단단하게 보리를 밟아주는 시기가 필요하다. 다시 겨울을 지나온 보리밭이 황금 들녘 같은 미소를 짓고 있는 아름다운 5월이다.

마음의 평화를 찾아 떠나는 여행

책도 어떤 적당한 시기와 부합되면 마음에 와 닿는 강도나 감동이 달라진다.

『나를 찾아 떠나는 여행』이라는 책을 읽게 되었다. 마음의 수양을 통해 삶을 좀 더 긍정적이며 너그러운 방향으로 수행을 통해 발전시켜 나갈 수 있다는 것을 대체로 보여주었다. 그것은 살아가는데 부딪치는 장애 요소들에 대해 수행과정을 통해 그 까닭을 해부하고 마음의 균형과 조화를 이루어 냄으로써 주위에 부딪히는 것들을 이해와 배려의 마음으로 다시 조망하는 마음 닦기의 과정이라고 할 수 있다.

그런데 이 책을 읽다가 이렇게 마음을 수양해야 하는 근본 원인은 무엇인가라는 의문이 생겼다. 그래서 읽게 된 것이 『전생』이라는 책이다.

전생은 우리 삶이 모든 것들이 이유가 있다는 것을 분명하게 말해주었다. 사람과 사람 사이의 관계에서 어떤 인연이든 이유가 있어서 만나는 것이다. 부모와 자식 간, 부부, 혹은 친구, 동창이나 사회활동을 하면서 얽히고설키면서 만나는 인연이 우리의 전생과 무관하지 않다는 것이다. 가령 부모와 자식 간의 관계에도 매우 좋은 관계를 유지하는 예도 있지만, 악연처럼 서로 부딪치고 상처 주고 괴롭힘을 주고받는 관계가 있다. 그런 경우 전생의 인연에서 그런 부정적인 관계가 이어져 왔음을 간과할 수 없다.

전생을 믿고 믿지 않고는 사람마다 차이를 보일 것이다. 그러나 믿든 믿지 않든 전생이 있음을 믿는다고 해서 현재 상황이 나빠질 이유가 없다. 어떤 사람과는 주는 것 없이 미운 관계에 놓일 때가 있다. 그것은 전생에 내가 그 사람에게 지은 죄로 인해 현세에 그런 관계가 지속된다고 여기어 볼 필요가 있다. 내가 갚아야 할 빚이 있다면 빚진 사람으로서 상대에게 갚아야 할 전생의 빚 탕감 차원에서 그 사람이 주는 부딪치는 이유에 너그러워질 수 있다.

상대에게 진 빚을 갚는다는 마음이 생기면 오히려 상대에 대한 미움이나 불편함이 해소되고 긍정적인 시각으로 바라볼 수 있는 마음의 여유가 생겨날 수 있다. 대부분 먼 데 있는 대상보다 가까이 있는 대상과의 마찰에서 행복과 불행의 요소가 생겨난다. 그런데 모든 행불행의 근본적인 원인은 결국은 마음에서 비롯됨을 알 수 있다. 번뇌와 갈등, 성공과 실패, 획득과 손실도 모두 하나로 보라는 어느 책의 내용을 생각해 볼 필요가 있다.

그 모든 것을 하나로 본다면 갈등은 시작되지 않을 것이다. 갈등이 없다는 것은 어떤 것에든 집착하는 마음을 버린 것이기에 마음의 평화를 얻은 상태에 이른 것을 의미한다고 할 수 있다. 부정적인 것을 위하여 시간과 에너지를 낭비할 필요가 없다. 마음의 수양을 쌓기 위한 대부분의 과정이 모든 것에 집착을 버리고 마음의 평화인 상태로 나아가기 위한 수련의 과정이다. 그것은 결국은 행복과 밀접한 관련이 있다.

나를 찾아 떠나는 여행은 "깨달음으로의 여행, 평화로의 여행, 기쁨으로의 여행, 자유로의 여행, 사랑으로의 여행, 행복으로의 여행, 뿌리로의 여행"으로 나누어져 있다.

큰 분류만 보더라도 나를 찾아 떠나는 여행의 과정에 평화와 기쁨과 행복과 자유와 사랑 등, 이 모든 요소가 행복에 초점이 맞추어져 있다. 그것은 마음 상태와 무관하지 않다는 것을 보여준다. 마음의 평화란 행복 없이 이루어지지 않으며 행복은 마음의 평화 없이 이루어지지 않는다. 서로가 서로에게 돈독한 유대관계와 상호보완작용을 하는 관계로 이루어져 있다. 깨달음으로의 여행이라는 첫 번째 큰 제목은 결국은 감정의 굴곡을 완만하게 하거나 평행선을 그어 마음에 흔들림이 없

행복한 동행

는 상태에 이르게 하는 과정이며, 그 과정이 지나면 마음의 평화와 함께 행복한 마음 상태에 머무르게 되는 것이다.

우리는 삶의 매우 단순하고 사소한 비밀을 놓치고 있는지 모른다. 성공을 향해 가거나 마음의 평화에 이르기 위해 시도하고 있는 수많은 수련 과정들이 특별한 수행과정을 통하지 않고서도 이루어 낼 수 있는 비밀을 놓치고 있는지 모른다.

모든 것은 과정 위에 있으며 어떤 것도 이유가 있다고 생각을 정리해 본다면 결국은 멈춘 것은 없다는 결과가 나온다. 고통도 시련도 행복도 불행도 성공도 실패도. 그렇다고 보면 모든 것은 내 마음에서 비롯된다는 단순한 비밀이 드러난다. 상대방의 허물도 내가 허물로 보았을 때 허물일 뿐이며, 불행도 내가 불행으로 보았을 때 불행이라는 답이 나온다.

그러면 삶을 큰 우주로 보았을 때 결국은 모든 것이 그 우주 안에 존재하며 서로 뒤섞이며 공존하는 것이 매우 자연스러운 일이라는 결론에 도달하게 된다. 그렇다면 우주로 본 우리의 삶은 결국은 어떤 모습이든 모두 똑같이 볼 수 있다. 하지만 인간이라는 이유로 감정의 변화에 때론 무방비상태로 놓이면서 갈대처럼 흔들리고 반성하며, 수양할 곳을 찾아 나서고 흔들리면서 잃어버린 나를 찾아 떠나는 여행과 수련의 과정이 필요한 것인지 모른다.

바위솔

　바위솔은 돌나물과의 여러해살이풀이다. 높이는 10cm 정도로 자라며 잎은 녹색이나 자줏빛을 띠고 두껍고 다닥다닥 어긋나서 기와를 포갠 모양이나 연꽃 모양인 것 등이 있다. 가을에 잎 사이에서 20cm가량의 꽃줄기가 나와 피침 모양의 흰 꽃이 핀다. 꽃에는 꽃자루가 없으며, 꽃이 피고 열매가 열리면 말라 죽는다. 한국, 일본 등지에 분포하고 있다.

　한경면 저지에 있는 야생화박물관 입구의 돌탑에 탐스럽게 자라고 있던 바위솔을 보았을 때 놀라운 생명력에 감탄한 적이 있다. 돌 위에 흙이 있는 것도 아닌데 작은 탑처럼 자라고 있는 그 생명력이 신비스러움과 함께 감탄을 자아내게 했다. 돌탑 사이사이에 흐트러짐 없이 자라고 있는 모습은 경이롭기까지 했다. 바위솔의 특성을 잘 이해하여 돌탑 사이사이에 심은 누군가의 수고가 아름답게 뿌리내린 광경 또한 매우 인상적이었다.

친구 집에 갔을 때 작은 화분과 돌 위에 빽빽하면서도 싱싱함을 잃지 않은 바위솔의 놀라운 생명력을 보고 나서 바위솔에 관심을 두게 되었다.

바위솔은 다육 식물의 일종으로 잎에 양분을 저장하기 때문에 흙이나 물이 없어도 오래도록 그 생명을 유지할 수 있다. 바위솔을 번식시키는 것은 매우 간단하다.

흙이 전혀 없는 바위 위에 잎을 따서 그냥 두기만 하면 물을 주지 않아도 잎에서 연꽃 모양의 싹이 나와서 스스로 바위에 뿌리를 내린다. 화분에서 키운다면 한 달에 한 번 정도 물을 주는 것이 좋으며 햇볕이 잘 들고 건조한 곳이 생육 장소로 적당하다.

처음에 바위솔의 놀라운 생명력을 알지 못했을 때는 화분에다 뿌리째 옮겨 심었지만, 굳이 그렇게 할 필요가 없음을 바위솔이 알려 주었다. 잎이 어느 정도 자라면 스스로 떨어져서 자연 번식이 되는 것을 보고 잎을 따서 돌 위에 두었더니 싹이 트고 뿌리를 내리기 시작했다.

물 한 방울, 흙 한 줌 없는 바위에 뿌리를 내리는 것이 바위솔이 가진 큰 특징이다. 척박한 환경에서 살아남기 위한 자신만의 생존방식을 만들어낸 바위솔은 척박한 환경에서 자라는 식물 같지 않게 잎 모양이 아름답다. 연꽃을 떠올릴 만큼 바위솔은 연꽃 모양을 많이 닮았다. 그

환경에서도 꽃을 피우고 번식을 하는 놀라운 생명력은 자연이 가진 위대함의 일부이겠지만 주어진 환경에 굴하지 않고 당당하고 생동감 넘치는 모습으로 바위에 싹을 틔우고 꽃을 피우는 것은 시사하는 바가 크다.

한라바위솔, 영동바위솔, 울산바위솔, 진주바위솔, 정선바위솔, 포천바위솔, 정읍바위솔처럼 지역 이름이 붙은 바위솔이 있는 것을 보면 지역마다 지역적인 특성이 있음을 알 수 있다. 난쟁이바위솔, 둥근바위솔, 매화바위솔, 거미줄바위솔, 솜털바위솔, 붉은 솜털바위솔, 솔방울바위솔, 국화바위솔, 연화바위솔, 호랑이발톱바위솔, 구슬바위솔처럼 이름만으로도 바위솔의 특징과 모습을 그려볼 수 있다.

어린 소나무가 싹이 터서 자랄 때의 모양과 비슷하여 '지붕 위에 자라는 소나무'라 하여 지붕지기 또는 와송, 기와솔, 옥송, 석탑화 범발자국이라 불리는 바위솔은 혈액순환을 좋게 하고 맛은 시며, 성질은 서늘하고 해열, 코피, 지혈, 이질, 악성종기, 화상, 치질, 습진, 간염 등에 약재로도 쓰이고 있다고 알려져 있다. 최근에는 암 치료제로도 관심을 끌고 있다고 한다.

무엇인가에 관심을 기울이고 있다면 그와 관련된 것들이 먼저 눈에 들어온다. 옷을 파는 상점에 가면 자신이 좋아하는 색상이나 취향에 맞는 디자인에 먼저 눈길이 가고, 서점에 가면 관심을 가졌던 분야와 관련된 책이 먼저 눈에 들어온다.

꽃집에 가면 자신이 관심이 있는 식물에 대해 세심한 관찰을 하게 된다. 독특한 모양이나 색깔, 향기, 생육조건, 꽃피는 시기에 관해 관심을 두게 되고 양지를 좋아하는지 음지를 좋아하는지 그 식물의 특성을 이해하게 된다. 그러다 보면 관심 분야에 대해 전문적인 지식이 쌓이기 시작한다. 자신이 좋아하는 식물의 비슷한 모양이나 향기를 접하게 되면 친밀감이 생겨 나와 비슷한 식물에 대해서조차 친근감이 형성된다.

주어진 환경에 따라 다양한 종류와 이름, 모양, 색깔이 생겨나고 다름이 조화를 깨는 것이 아닌 나름의 존재가치가 있다는 것을 작은 식물을 통해 들여다본다.

도시락

사람을 감동시키는 일이란 어려운 일일까. 물론 감정을 제대로 드러내지 않는 사람인 경우는 좀 더 큰 노력이 필요할 수도 있을 것이지만 매우 사소한 것으로도 감동을 주고받을 수 있다.

더위에 지쳤을 때 시원한 물 한잔, 아이스크림 하나 내미는 일, 추울 때 붕어빵 한 봉지 내미는 일처럼 적은 비용으로도 충분히 따스한 마음을 전할 수 있다. 아무리 따뜻한 마음을 지녔다 하더라도 상대방에게 제대로 전달될 때 의미가 있고 기쁨이 될 것이다.

도시락으로 인해 나눔이 주는 기쁨으로 행복한 점심을 먹게 되었다.

옆집 가게 사장님께서 도시락을 갖다 주신다. 도시락을 보는 순간 그 화려함과 정성에 놀랐다. 예쁘게 꼬치 낀 소라 산적을 비롯하여 더덕

행복한 동행

은 편처럼 썰어져 있고 청각은 먹기 좋은 크기로 잘려져 있다. 작은 전복구이가 여러 개가 들어 있다. 그리고 누드 김밥이라 불리는 김밥은 깻잎, 우엉, 단무지, 어묵, 맛살, 부추, 계란 등이 정성스럽게 배열되었고 모양과 맛이 일품이다. 도시락의 화려함도 화려함이지만 만든 사람의 정성이 더욱 크게 느껴졌다. 그 따스한 마음과 배려의 마음이 사장님을 통해 내게도 전달이 되어왔다. 누가 만들었는지 궁금하여 여쭤보았다. 도시락은 근처 초등학교 학부모께서 그 집 자녀가 현장학습 가는 날이라서 아이 것을 만들면서 학교 선생님과 가게 사장님 것까지 준비해서 보낸 것이라 한다.

아이들에게 너무 잘해줘서 고맙다는 뜻을 담았다.

사장님께서는 아이들에게 친절하고 오가는 이에게 인사가 철저하신 분이시다. 빗자루를 들고 이웃 도로까지 청소하는 것은 기본이고 언제나 명랑한 인사로 인해 주변을 활기에 넘치게 하신다. 그분의 밝고 긍정적인 성격으로 가게 앞을 지나는 아이들은 인사를 자연스럽게 건넨다. 가게의 유리창에는 하얀 종이 위에 "나는 날마다 점점 더 좋아지고 있다"라고 크게 쓰여 있어서 주인을 모른다고 하더라도 긍정적인 성격을 엿볼 수 있다. 또 입구의 한쪽 벽에는 "대단한 ○○학교"라고 써서 그 학교 아이들에게 대단한 학교에 다니고 있다는 자부심을 심어주고 있다. 가게 안 천정의 가장 눈에 잘 띄는 곳에는 "꿈은 이루어진다"라고 크게 써서 걸어 두었다. 한참 꿈이 많을 아이들에게 글귀 하나가 꿈의 씨앗을 마음에 심어 뿌리를 내리게 할 수도 있을 것이다.

아이들이 먼저 인사하지 않아도 먼저 인사를 함으로써 아침이나 학교가 끝날 무렵의 가게 앞은 경쾌하고 활기찬 아이들의 인사가 넘쳐난다.

물건을 파는 것에 연연하지 않고 아이들을 배려하고 아끼는 그분의 마음이 학부모의 마음에 닿아 도시락을 싸서 보내게 하였을 것이다. 가끔 물건을 구매하기 위해 가게에 들르면 다른 가게에서 볼 수 없는 아이들의 해맑은 얼굴이 가게 안을 밝게 비추고 있는 것을 보게 된다.

틈틈이 책을 보고 자기 계발을 위해 노력하는 모습이나 칭찬에 인색하지 않은 모습은 아이들에게 거울이 되고 있을 것이다. 아이들에게만 거울이 되는 것은 아니다. 도시락을 싸고 답례를 한 학부모에게도 그분의 긍정적인 방식의 어떤 부분들은 거울이 되고 있는 것이다.

아이가 어렸을 적에 아파서 병원에 며칠 입원한 적이 있었다. 소식을 듣고 병문안을 온 친구는 엄마가 잘 먹어야 한다며 도시락을 준비해 왔다. 그저 집에 있는 것들을 가지고 왔다고 했지만, 그것은 마음을 담은 감동적인 선물이었다. 화려한 반찬은 아니었지만, 도시락을 정성껏 준비했을 친구의 예쁜 마음만으로 매우 큰 위로와 함께 응원의 메시지가 전해졌다. 생각지도 못한 친구의 예쁜 마음을 담은 도시락은 오랜 기간이 지난 지금까지도 종종 감동을 불러온다. 친구들이 서로가 번갈아 가며 도시락을 싸다 주며 위로가 되어 준 것은 화려한 도시락이 아니었다. 하지만 감동을 불러오는 데 손색이 없는 너무도 따뜻한 선물이었다. 그래서 도시락으로 받았던 감동을 친구가 심한 감기몸살에 시달리고 있을 때 아무것도 먹지 못하고 있다 하여 죽과 반찬 몇 가지를 만들어서 내가 받았던 기쁨을 되돌려 주었더니, 친구는 종종 그날의 감동에 관해 이야기하곤 한다.

나눔을 실천하고 있는 이웃으로 인해 티베트 속담을 생각해 본다. "앞에 놓인 삶을 향해 미소 지어 보라. 미소의 절반은 당신의 얼굴에 나타나고 나머지 절반은 친구들의 얼굴에 나타난다".

소리

인도 최대의 영화제에서 11개 부문 상을 휩쓸고, 탄탄한 시나리오와 수려한 영상미, 감동적인 연기로 '타임지 선정 최고의 영화 베스트 10'에 진입한 산제이 릴라 반살리 감독의 인도 영화 '블랙'은 보이지도 들리지도 않는 어둠뿐이던 여덟 살 소녀에게 마법사 같은 선생님이 등장하면서 불가능이 가능으로 변화되어 가는 과정을 그린 감동의 휴먼 드라마다. 이 영화를 통해 소리의 중요성에 대하여 생각해 보았다.

우리 주변에는 참으로 많은 소리가 함께 한다. 계절에 따라 들을 수 있는 소리가 있고 시간 또는 시기에 따라 들을 수 있는 소리가 있다. 소리를 낸다는 것은 움직임이 있는 것이고 움직임이 있다는 것은 생명이 존재한다는 것이다. 생명이 존재하고 있지 않다면 다른 것으로 인한 이

동이 이루어지고 있는 것이리라. 소리란 자연발생적으로 일어나는 것이 있으며 어떤 매개체에 의해서 생성되는 것이 있고, 다른 것과 어울려 또 하나의 독창적인 소리를 만들어 낼 수도 있다. 듣기에 좋으면 자연스레 그 소리에 대해 좋게 여기게 될 것이며 귀에 거슬리면 소음으로 분리가 될 것이다.

시장에 가면 시장만의 소리가 존재한다. 손님을 끄는 소리, 흥정하는 소리, 바삐 움직이는 사람들의 발걸음 소리는 시장을 활기에 넘치게 한다.

대형마트는 쇼핑카트를 끄는 소리와 판촉이벤트를 위한 각종 행사를 알리는 도우미들의 열띤 경쟁의 소리, 음악 소리, 안내방송 등의 수많은 소리가 겹쳐서 들려온다. 큰소리는 작은 소리들을 집어삼키는 역할을 한다.

산에 가면 산의 특색을 가진 소리가 있다. 숲에 이는 바람 소리와 어우러진 각종 새의 노랫소리는 귓가를 상쾌하게 한다. 바다에 가면 어떤가. 파도 소리가 수평선과 어우러져 한 폭의 수채화를 그려낸다. 우리는 파도 소리나 갈매기 울음소리를 듣지만, 바닷속에는 바다 생명체들이 바다를 터전으로 살아가는 그들만의 소리로 서로 소통하고 교류하고 있다.

어쩌면 소리란 서로 소통의 도구이다. 기계를 켰다면 기계가 정상적으로 작동하고 있는지 그렇지 않은지를 판단하는 판단 수단이 될 것이다. 자동차나 비행기, 배 등이 소리 없이 진행된다면 우리는 우리의 안전에 대해 좀 더 세심한 주의가 필요할 것이다.

소리란 어떤 것이 다가오거나 멀어져 가는 신호이기도 하다. 매미 소리를 들으면서 겨울을 생각하지 않을 것이다. 눈보라를 칠 때 여름이라고 생각하지 않듯. 소리란 듣는 사람에 따라 음악이 될 수도 있고, 소음이 될 수도 있고 그리움이 될 수 있다.

약속 시각에 여유가 생겨서 신제주 번화가를 걸어 보았다. 도로는 온통 자동차 엔진 소리로 가득해서 귀가 먹먹해졌다. 질주하는 자동차 엔진 소리가 다른 소리를 삼켜버려서 생각조차도 제대로 할 수 없는 상태에 이르렀고 마음의 여유가 사라져버렸다. 소리에 밀려서 도시를 빠져나가는 것들이 생겨나고 있는 것이 이런 이유와 무관하지 않을 것이다.

복잡한 도시의 생활과 온갖 인공적인 소음이 내는 소리에서 벗어나 자연 가까이에서 마음의 여유와 바쁜 생활로 잃어버렸던 자신을 되찾고 마음의 평화를 얻으려는 노력이 조용하고 한적한 곳으로 주거지를 옮기는 이유와 무관하지 않을 것이다.

교통량이 많은 도로에서 골목으로 들어가도 이미 소리는 완화가 되어 비로소 주변의 다른 소리에 귀를 기울일 수 있다. 공원 벤치에 앉아 주위를 둘러보았다. 커다란 나무들이 소리를 막아주고 있는 듯 나뭇잎을 흔드는 바람 소리만이 편안함과 휴식을 제공하기 시작한다. 이렇게 하여 산에 오르고 바다를 찾고 휴식을 위해 자연의 숨결을 찾아 떠나는 것인지 모른다.

자연이 내는 온갖 소리에는 심신을 안정시키고 정화하면서 활력을 얻게 하여 재충전할 수 있는 에너지가 충만하다. 자연이 내는 물소리, 새소리, 바람 소리, 온갖 곤충들이 내는 소리는 급변하는 시대에도 고유의 특성을 잃지 않을 뿐 아니라 언제 어느 곳에서 들어도 귀에 거슬리지 않는다. 시대의 변천에 따라 워낭소리처럼 잊히는 소리가 있고, 새로 익숙해지는 소리가 있다. 소리는 자국을 남기지 않지만, 안에 소리가 너무 크면 밖의 소리를 듣지 못하고 밖에 소리가 너무 크면 안의 소리를 듣지 못한다. 이 모든 것을 들을 수 있는 것에 감사하면서 우리 삶에 어떤 아름다운 소리가 있는지 가만히 귀 기울여 본다.

추억의 무화과나무

　누구에게나 소중한 추억이 있을 것이다. 추억은 어디서나 발아할 수 있어 그곳에 뿌리를 내리고 꽃을 피우고 열매를 맺는다. 때론 달콤한 열매를 제공해주기도 하며, 아픈 만큼 성숙해지는 쓰디쓴 성숙의 열매를 제공하기도 한다.

　여름이면 큰 그늘을 만들어 쉼터를 제공하고 아이들에게 더없이 좋은 놀이터가 되어 주던 무화과나무가 있었다. 간식거리가 풍부하지 않은 시절의 아이들에게 달콤한 간식을 제공해주던 무화과나무는 뒤란에 보통 심는 나무여서 감나무나 귤나무처럼 눈에 잘 띄는 나무는 아니었다. 그렇다고 여러 그루를 심는 것도 아니어서 추억의 뒤안길에 밀려나 있었는데 대형마트에 포장된 무화과를 보니 추억이 떠오른다.

아이들의 기대를 저버리지 않고 여름 햇볕에 무화과는 잘도 익어 주는 훌륭한 간식 나무였다. 자줏빛으로 익은 무화과는 달콤한 맛이 일품이다. 끊임없이 열리고 익어 주는 덕택에 여름 동안 아이들에겐 더없이 좋은 간식을 제공해주었다. 큰 나무는 매미의 노랫소리와 함께 아이들의 놀이터와 더위에 지친 어른들의 휴식처를 제공하여 주었다. 달콤한 무화과를 좋아하는 것은 아이들만이 아니었다. 새들이나 개미들이 먼저 무화과를 맛보고 난 뒤에 발견할 때도 있었다. 새들은 크고 맛있게 잘 익은 무화과를 잘도 골라내어 먼저 맛을 보곤 껍질만 남겨두어 아이들에게 아쉬움을 남겨 주었다. 그래도 여름 동안 무정하게도 나무는 큰 덩치만큼 많은 무화과를 끊임없이 제공하여 익는 것을 확인하는 아이들의 행복한 얼굴이 무화과나무 아래를 서성이곤 했다.

무화과나무는 곧게 자라지 않고 울퉁불퉁 옹이가 많다. 가지도 사방팔방으로 뻗어 나가 면적을 많이 차지하여 관상수로 적당하지 않아 뒤란으로 밀려났을 수도 있다. 꽃이 핀다고 하지만 거의 보이지 않아 꽃을 볼 수도 없고, 아름답다고 하기에 잎의 크기는 너무 커서 뒤 곁으로 밀려났겠지만 잘 익은 과육의 달콤함과 자줏빛은 이국적인 맛과 특색이 느껴 질만큼 독특하였다. 그런 무화과가 인류의 역사와 함께하는 최고 오랜 과일로 알려져 있으며 종교의식에 사용할 만큼 신성한 과일로도 쓰였다고 한다.

무화과는 꽃이 작고 배꼽에 있어 잘 보이지 않아 꽃이 보이지 않는 과일이라 하여 무화과 無花菓 라 붙여졌다고 한다. 아시아 서부, 지중해 연안이 원산지이며 꺾꽂이로 번식이 되지만 추위에 약한 특성이 있어서 우리나라에는 중, 남부와 제주도에 분포하고 있다고 한다.

무화과를 키우는데 수년간의 시간과 노동을 투자하기 때문에 잎이 커서 그늘을 만들어 주는 무화과나무는 더운 지방에서는 평화와 번영, 안정, 기쁨을 상징하기도 한다.

클레오파트라가 가장 좋아한 과일로 알려졌으며 고대 올림픽 선수들과 로마 검투사의 스테미너 식품으로 주목받았다고 한다. 고대 그리스에서는 중요한 식량의 하나로 운동경기를 하는 선수들에게 무화과를 많이 먹게 하였고, 그리스에서 생산되는 양질의 무화과는 그리스인의 생계를 위한 중요한 물품 중 하나로 수출하는 것을 법으로 금지하였을 만큼 중요한 과일로 대접받았다고 알려져 있다.

8월부터 11월 중순까지 수확이 가능한 무화과의 꽃말은 '다산'인데 로마에서 바쿠스라는 주신 酒神 이 무화과나무에 열매가 많이 열리는 방법을 가르쳐 주었다고 하여 '다산'의 유래를 연결 짓고 있다고 한다. 다양한 효능과 영양소가 알려지면서 추억의 뒤안길에 밀려나 있던 무화과가 건강 과일로 관심을 받고 있다.

달콤한 무화과를 기억할 때 울퉁불퉁 옹이를 떠올리기는 쉽지 않을

것이다. 추억도 그런 것이 아닐까. 무화과나무의 옹이보다 달콤한 과육
처럼 좋은 기억이 강하게 남아 바쁘고 팍팍한 일상에서 그 맛을 그리
워하고 가끔은 눈물짓게 되는 것이리라.

날마다 새롭게 주어지는 소중한 하루

나무는 외피와 내피로 껍질이 비교적 단순하다. 사전에 껍질은 '딱딱하지 않은 물체의 겉을 싸고 있는 질긴 물질의 켜'라고 되어 있다. 그런 껍질 안의 나이테에는 살아온 내력처럼 한 해의 자연환경을 보여주는 굴곡이 있다. 모든 나이테가 일정한 것은 아니며 빨리 자랄 만큼 영양이 충분한 해는 다른 해에 비해 넓은 면적을 차지하고 환경이 열악했던 해는 좁은 면을 보여준다고 한다.

우리의 껍질은 어떤가. 열 길 물속은 알아도 한 길 사람 속은 모른다는 속담이 있는 것을 보면 의복과 집, 학력, 경력, 직위, 아버지, 어머니, 아내, 남편, 아들, 딸, 족보, 출신, 인격이나 보는 관점이나 처한 상황에 따른 다양한 마음 변화 등의 복잡한 껍질 속에 둘러싸여 있음과 비교

된다. 물론 나무에도 종, 속, 변이 등 한 나무도 뿌리를 내린 환경과 기후와 영양 상태에 따라 다양함이 존재하고 변이종은 또 다른 연구 가치와 희귀성을 지니고 있어 애호가들에 관심 대상이 되기도 한다.

새해는 기대와 희망을 품게 한다. 단지 날짜로는 하루 차이에 지나지 않는데도 묵은해인 12월 31일과 새해인 1월 1일은 많은 차이가 있다. 보내고 새로 맞이한다는 송구영신의 의미를 지니기도 하고 묵은해와 새해라고 구분 짓기도 하고, 반성과 새로운 각오를 다지는 하루이기도 하다. 지난해 미진했던 일에 대하여 발전과 희망을 기대하거나 다짐해보기도 한다. 새로운 해는 무엇인가 지난해보다 나아지기를 바라는 희망에 대한 기대가 크다. 양파의 껍질을 벗기듯 하루가 똑같아 보여도 하루가 전혀 같지 않다는 것을 12월 31일과 1월 1일에서 발견할 수 있다. 매일은 껍질을 벗는 또 다른 날이 될 수도 있고, 새로운 껍질이 생기는 더욱 단단한 새로운 날이 될 수도 있다.

2002년에 개를 매우 좋아하는 분으로부터 진돗개 새끼를 선물로 받았다. 새끼는 대부분 귀엽고 사랑스럽지만, 그 녀석은 토실토실함이 더욱 사랑스러웠다. 어린 녀석을 밖에 두기가 안쓰러워 어느 정도 클 때까지 집안에서 키우기로 했다. 녀석은 온 가족의 사랑을 독차지하기에 충분했다. 우리 가족 외에 누구와도 친밀함을 보이지 않고 경계를 하였지만 내 아이들과 같이 놀고 있을 때는 다른 아이들에게 공격하지 않을 만큼 분별력도 있었다.

그러나 주인이 없는 상태에서는 누구도 자신에게 접근을 허락하지 않았다. 현관문을 잠그지 않아도 걱정이 되지 않을 만큼 믿음을 주었다. 주인에게 맹목적인 충성을 하는 것이 진돗개의 특성이라고 하였지만 고집스러울 만큼 맹목적이어서 안쓰럽기도 하였다. 영리함도 갖추어 어떤 지시에 대해 잘 따르기도 하여 더욱 신뢰하였다. 진돗개를 좋아하는 사람들은 녀석을 일부러 보러 오기도 할 만큼 진돗개의 이상적인 특성을 고루 갖추어 시기와 부러움의 대상이기도 하였다.

어느 날 8년 동안 함께 했던 그 개의 장례식을 치렀다. 갑작스러운 죽음으로 인해 깊은 슬픔과 함께 차가운 땅에 묻었다. 죽어서야 의무감을 덜어내듯 목줄을 떼어냈다. 공을 물고 재롱을 떠는 것에 대하여 칭찬을 해주었더니 퇴근 후에 들어서는 나를 위해 공을 물고 왔다 갔다 하며 관심을 끌려고 노력하던 그 선한 눈망울 하며 산책을 하러 가면 너무도 든든한 의지가 되어주던 믿음직한 모습을 모두 땅속에 묻어야 했다. 그게 하루 차이였다. 삶과 죽음의 갈림길이 그 하루 안에 있었다. 긴 세월도 하루 사이에 슬픔과 기쁨의 갈림길에 설 때가 있다. 그래서 더 늦기 전에 진심을 담은 좋은 말, 행복한 말, 감사하단 말을 껍질 속에 가두지 말고 아끼지 말아야 함을 느꼈다. 갑자기 아프다는 연락을 받고 달려왔을 때도 병원에 데려갈 생각만 했지 그 하루 안에 죽음이 포함

되어 있음을 깨닫지 못하여 그 개가 우리에게 준 행복감과 믿음과 함께 해준 날들에 고맙다는 말을 무덤에다 해야 했다.

그즈음 건강해 보이는 그 개를 보면서 우리와 오래 함께할 거로 생각했다. 하지만 이별의 순간은 너무도 갑자기 찾아왔다. 기쁨과 슬픔, 삶과 죽음이 모두 일직선 위에 있거나 하나라고 여기지만 중심을 잃고 흔들리거나 자제력이 요구되는 순간은 종종 예기치 않게 찾아온다. 그리하여 갈등과 반성을 하게 하고 어떤 결속이 필요하고 슬픔을 희석시켜 평범하지만, 일상으로 빠르게 복귀할 필요성을 일깨운다.

하루를 어떻게 보내느냐에 따라 '하루가 십 년 맞잡이'로 지루하게 보낼 수도 있고, 하루 동안에 매우 많은 일을 하거나 중요한 일을 할 수도 있다. '하루가 여삼추'라 하여 짧은 시간이 매우 길게 느껴지는 순간도 있다. '하루 물림이 열흘 간다'는 속담은 일을 뒤로 미루기 시작하면 자꾸 더 미루게 된다는 것인데 무슨 일이나 뒤로 미루지 말라는 하루의 중요성에 관해 얘기하고 있다. 수많은 껍질 속에 갇혀서 '어제 살다간 이가 간절히 살고 싶어 하던 내일'인 이 하루를 낭비하고 있는 것은 아닌지 돌이켜 본다.

아낌없이 주는 나무

나무는 잎, 줄기, 꽃, 열매, 모양, 잎이나 목재의 빛깔, 자생지 생육이나 성질, 인명이나 쓰임새에 따른 다양한 유례가 있다. 한울타리 안에도 여러 종류의 나무들이 어울려 풍경을 연출한다. 조경을 목적으로 하는 곳에는 어김없이 다양한 종류의 나무며 꽃을 볼 수 있다. 아무리 아름다운 집이라고 하더라도 나무와 꽃이 존재하지 않는다면 미완성의 느낌을 지울 수가 없을 것이다. 나무에 관심을 기울이기 시작하면 다양한 나무의 종류와 이름과 특성과 유래를 알아가기 시작한다.

나무는 너무도 다양한 모양과 특징을 가졌다. 그래서 제 빛깔과 나무의 특징을 잘 살린 이름이 필요하다. 정확한 나무 이름을 알면 나무의 약력처럼 그 나무의 특징에 관하여 관심을 두게 된다. 그러면 이름만 들어도 그 나무에 대한 그림이 그려지고 특징을 떠올리게 된다.

개나무, 노나무, 깨타리로 불리는 구릿대나무는 지독한 냄새를 풍긴다. 잘못해서 만질 경우는 냄새로 인해 고통받을 준비를 해야 한다. 접근금지 명령이 팻말에 의해서만 가능하지 않다는 것을 알 수 있다. 그러나 나무를 만지지 않는 한 그 나무의 정체를 알 수 없다. 평범한 나무처럼 잎은 넓고 예쁜 꽃은 아니지만 꽃도 피우기에 그저 다른 나무들과 구분하기가 쉽지 않다. 사람과의 관계처럼 시일을 두고 부딪쳐보기 전까지 그 사람의 특성을 헤아리기 쉽지 않듯 나무의 특성을 헤아리는 데도 세월이 필요할 수도 있다.

새로운 잎이 나올 때는 붉은 색을 띄우다가 초록으로 변화되는 나무가 있으며 벚나무, 복숭아, 매화나무처럼 꽃부터 피우고 나서 세상을 향해 고운 잎들을 내미는 나무가 있다. 용설란은 100년에 한 번 꽃을 피운다고 하여 세기 식물이라고 불린다고 한다. 향이 백 리까지 간다는 백리향처럼 나무가 온통 향기로 뒤덮여 있는 나무가 있고 줄기와 잎에 구분이 모호한 나무도 있다. 나뭇결이 고운 나무가 있으며 거친 껍질을 가진 나무가 있다. 백일홍은 7~9월까지 꽃이 핀다. 한 꽃이 그리 오래 피어 있지 못하지만, 꽃 하나가 떨어지면 또 다른 꽃이 꽃망울을 터뜨려서 지는 꽃을 대신하여 백일 동안 피고 지는 것을 반복하며 아름다움을 유지한다.

겨우살이처럼 숙주의 양분을 섭취하며 기생하는 나무가 있다. 얹혀

사는 나무에 잎이 모두 떨어지면 드러나는 겨우살이는 마법의 힘이 있다고 여겨 서양에서 고대 제사장들이 제물로 썼다고 한다. 겨우살이를 문 앞에 걸어두고 그 아래를 지나는 어느 여자에게나 입맞춤하여도 피할 수 없으며, 이것이 결혼으로 연결되기도 하여 좋은 일에 마법을 거는 상징으로 여겼다고 한다.

망개나무, 매발톱가시, 명감, 맹감, 종가시나무로 불리는 청미래덩굴은 뿌리는 나라를 잃고 산으로 도망친 선비들의 배고픔을 달래는데 넉넉함을 제공했다고 하여 '우여량', 산에 있는 기이한 양식이라 하여 '산기량' 신선이 남겨 준 음식이라 하여 '전유량'이라 불리며, 잎은 망개떡의 재료로 쓰인다.

어린 가지를 잘라 비비면 생강 냄새가 나서 생강나무, 일을 도와주러 온 사위에게 장인과 장모가 사위의 짐을 가볍게 해 줄 요량으로 약한 덩굴 식물인 사위질빵으로 끊어지지 않을 만큼 가볍게 짐을 지우는 데서 유래한 사위질빵, 이정표로 오리마다 심었다고 오리나무, 모양이 화살 같아 화살나무, 버짐이 피운 것 같다고 붙여진 버즘나무는 플라타너스로 우리에게 익숙하며, 북한에서는 열매가 방울 같다고 하여 방울나무로 불린다고 한다.

세계에서 유일하게 우리나라에서만 자라는 미선나무는 이름 자체가 매우 친숙한 느낌을 준다. 칠엽수는 마로니에라고 흔히 부르는데 유럽

행복한 동행

의 가로수나 공원수로 사랑받는 나무 중 하나다. 잎눈의 모양이 가늘고 길고 비쭉하기 때문에 비쭉이나무, 꽃덮이의 모양이 붓순처럼 생겼다 하여 붓순나무, 가지가 끝에서 여러 개가 다정하게 모여난다고 하여 다정큼나무, 잎 가장자리에 날카로운 가시가 있어 호랑가시나무 등처럼 이름만 들어도 나무의 다양한 생김과 특징을 그려 볼 수 있다.

팽나무는 500년이나 1000년까지 사는 노거수로 성읍민속마을의 천연기념물 제161호, 부산 구포동의 제309호, 전남 무안 현경면의 제310호가 지정 보호되고 있다.

땅을 가진 부자나무도 있다. '금목신'이라는 팽나무에는 1,320㎡가 등기되어 있으며 마을의 수호신으로 보호받고 있다. '석송령'이라는 소나무는 수령이 600살이며 3,933㎡를 소유하고 있어서 종합토지세까지 내고 있다고 한다. 사철 푸르른 기상과 기품을 지닌 소나무가 어려운 시기에는 껍질에서 꽃가루까지 백성의 배고픔을 달래주었고, 조선 시대의 궁궐은 모두 소나무로만 지었을 만큼 귀한 대접을 받았다고 한다. 노래와 시를 비롯하여 우리나라 지명 가운데 소나무 송松을 사용한 곳이 681곳일 만큼 우리나라 사람들이 선호하는 나무이다.

정원수, 식용, 약용, 목재, 공원수로 아낌없이 주는 나무처럼 서로의 바람막이 속에 봄이 성큼성큼 다가오고 있다.

씨앗을 뿌리며

땅속의 비밀이 풀리고 있다. 겨우내 묻어두었던 씨앗들이 발아를 통해 묻혀 있던 뿌리들이 뾰족뾰족 새싹을 통하여 빈 가지에 내미는 여린 연둣빛 새순을 통해 비밀이 새고 있다. 겨우내 굳었던 땅은 이제 봄을 향하여 언 맘을 더는 유지할 수 없다. 화해와 용서의 미덕이 발휘되는 순간 또한 굳어진 흙 속에 묻혀 있던 꽁꽁 언 마음이 새순을 내미는 봄의 문턱처럼 부드러워진 순간일 것이다.

주변을 둘러보면 빈 땅이란 없다. 아스콘이나 시멘트 포장이 되지 않는 땅 위에는 작은 풀 하나라도 자라고 있다. 경계를 그어 놓고 안전거리를 유지하려고 보이지 않는 경쟁 속에 삶의 많은 부분을 허비하고 있는데 자연은 아랑곳없이 계절의 변화를 가감 없이 보여주고 있다.

날씨가 따뜻해져 거름을 만들기 위해 쌓아두었던 각종 풀이며 음식물 찌꺼기가 발효가 잘되어 부드러운 흙으로 변한 것을 화단에 뿌려줄 요량으로 작업에 들어갔다.

자연은 겨울 동안에도 오물을 부드러운 흙으로 정화하는 작업을 해두었다. 풀이며 찌꺼기를 잘 발효시켜 흙으로 변화시키는 자연의 놀라운 기술은 잘린 고구마 줄기에서 고구마를 만들어 내고 작은 씨앗에서 커다란 나무를 뿌리 내리게 하고 각종 열매를 고유의 특성에 맞게 키워내고 식물의 생명을 연장하거나 죽은 나무나 식물에서 또 다른 생명을 키워낸다.

봄비가 잠시 멈춘 틈을 타서 상추와 과꽃 씨앗을 뿌리기로 했다.

씨앗을 뿌리려고 빈 땅을 찾아보니 빈 땅이 거의 없다. 상추 씨앗은 그런대로 뿌렸는데 과꽃 뿌릴 공간이 없다. 어쩌면 욕심이 늘고 있는지 모른다. 이제는 그만 심어야지 하면서도 꽃을 보면 결심은 온데간데없이 사라지고 꽃을 심기 위해 호미를 들고 화단에 서 있다. 억지로 척박한 곳 몇 군데와 상추씨를 뿌린 곳 가까이에 과꽃 씨앗을 뿌렸다. 지난 비에도 꽃을 심느라 마당의 잔디 일부분을 걷어내어 꽃을 옮겨 심었는데 자꾸만 심을 것들은 많아지고 땅은 좁아지고 있다. 겨우내 빈 땅으로만 보였던 곳에서 새싹들이 얼굴을 내밀며 영역 표시를 한다. 꽃과 나무를 심는데도 약간의 법칙이 있다.

나무와 나무 사이에 간격이 없으면 안 되듯 꽃을 심을 때도 최소한의 간격을 두어야만 꽃의 성장에 어려움이 없고 햇빛을 제대로 받아 꽃을 피울 수 있다. 손질 잘 된 정원을 보았다면 부지런한 주인의 노력을 같이 보아야 할 것이다. 무늬 비비추, 개족두리, 화살나무, 둥굴레, 쥐똥나무, 윤판나물, 더덕이 연한 싹을 봄의 전령사처럼 세상을 향해 내보내고 있다. 소나무에도 새순이 올라와 있고 철쭉에는 봉오리가 맺혀 있다. 모과나무에는 연분홍 꽃이 보인다. 자두나무도 꽃이 피었다. 그러나 열매가 달리는 나무에는 아픔이 숨어 있다. 벌써 심은 지 오래된 나무인데 감나무, 대추나무를 제외하고 열매를 수확해 본 적이 없다.

열매만 수확해보지 못한 것이 아니라 매실나무는 아예 꽃조차 피워보지 못했다. 그것은 가지치기를 함부로 해버린 결과다. 그저 보기 싫은 것을 잘라낸다고 나무를 시도 때도 없이 자르다 보니 나무가 충격을 받았는지 꽃조차 피우지 않고 있다. 배나무는 접목한 부분 중 열매를 맺을 가지를 키워야 하는데 그대로 무성하게 자라도록 내버려두었더니 작은 가지 한쪽은 그나마 꽃이 피는데 아주 무성한 큰 가지는 몇 년째 꽃이 피지 않아 이웃에 조언을 구했더니 자르라고 한다. 작년에 자를까 하다가 한 해 기회를 주자고 한 것인데 결국 배나무는 큰 가지를 잘라버렸다. 그냥 두는 것도 고려해 보았으나 매년 잎에 이상한 병이 생겨 여름 동안 잎이 계속 떨어지고 이상한 벌레처럼 까맣게 변해서 여름내 낙엽을 주워야 했다.

오히려 큰 가지를 자르고 나니 비로소 기운이 났는지 작은 가지가 꽃도 많이 피우고 안정감도 든다. 열매를 보는 일이 쉽지 않은 일임을 나무를 키우면서 깨달았다. 오히려 열매를 보기 위해 몇 년간 나무를 손질하고 키우는 것보다 사서 먹는 일이 훨씬 경제적이며 편한 일이 될 수 있다는 생각도 들었다. 그나마 과실나무 중 대추나무와 감나무는 지극히 성공한 경우다. 단감나무는 첫해는 떫은맛이 조금 나더니 익고 나서는 너무 달아서 못 먹겠다고 할 정도로 단맛이 짙은 감을 우리에게 기쁨의 선물로 안겨 주었다. 새들도 종종 날아들어 시식해도 가을이 깊어가는 동안 감나무에는 익은 감들이 멋진 풍경을 연출한다.

이웃에 나눠 줄 여유도 누린다. 대추나무도 많이 열리지는 않았지만, 꿀이 들어 있다고 여길 정도로 단맛이 짙은 굵은 대추를 우리에게 선물로 주었다. 아마 이래서 사람들은 울안에 과일나무를 심는지 모른다. 열매를 수확하는 기쁨을 느끼고자 나무를 다듬고 거름을 주고 가지치기를 하면서 정성을 다하는 것이리라.

이 비에 오늘 뿌린 씨앗들이 생명의 젖줄을 맘껏 잡아당기며 성장을 재촉할 것이다. 더불어 씨앗을 뿌린 오늘의 수고가 많은 이들과 나눌 수 있는 기쁨이 되기를 바란다. 햇살 같은 아름다운 사람들, 봄비도 되고 햇빛도 되고 새소리도 되며 푸른 상추를, 보랏빛 과꽃을 같이 키워 줄 것도 같다.

가치의 재발견

　동네 입구에 서너 평 되는 자투리땅이 있다. 누군가 간혹 쓰레기를 태우는 장소로 이용할 뿐 시선이 가는 곳은 아니었다. 풀도 제대로 자라지 않을 만큼 척박해 보이던 그곳이 말끔하게 정리되기 시작했다. 볼 때마다 풀이 뽑혀 있고 쓰레기를 태운 재가 뿌려지고 고랑을 만들며 제법 농사지을 모양새를 갖추기 시작하더니 그 땅에서 나온 돌로 쌓은 듯 엉성하지만 어설픈 경계도 만들기 시작했다.

　그러더니 봄 초입 무렵부터 상추를 예쁘게 줄을 맞추어 심고 옥수수며 가지, 오이, 호박이며 깻잎, 심지어 더덕까지 심은 멋진 텃밭으로 변신한 모습을 보게 되었다. 지나는 사람들은 자투리땅을 요모조모 쓸모 있게 탈바꿈시킨 주인공에 대해 칭찬을 아끼지 않았다. 마을 첫 입구의 이미지가 마을을 좌지우지할 수도 있는데 보이지 않는 손길 덕분에 정겨운 공간으로 거듭났기 때문이다. 운동하며 지나는 사람들의 시선도 잠시 눈길을 돌리고 출퇴근하는 사람들의 시선도 붙잡을 수 있는 공간으로 탈바꿈되었다.

땅이 척박해서 심은 얼마 동안은 몸살을 앓는지 크는 속도가 매우 더딘 듯 보여 각종 채소가 제대로 자랄지 의문을 제기하였지만 심은 사람의 정성을 아는지 안정을 찾고 생기를 찾아가기 시작했다. 물을 준 흔적이 보이는 부지런한 텃밭에 어느 날 자투리땅을 가꾸는 처음 보는 얼굴의 도시적인 이미지가 물씬 풍기는 온화한 미소를 짓는 중년의 부인을 만났다. 부인은 얼마 전에 이사 온 자투리땅 맞은 편에 사는 새댁의 어머니라고 소개하신다. 충청도에서 잠시 다니러 왔는데 도시에 살던 손자 손녀들에게 옥수수는 어떻게 자라는지 가지며 오이 호박 상추 토마토 등이 직접 자라는 모습을 보여주고 싶어 자투리땅을 이용하여 심게 되었다고 하신다.

손자 손녀에 대한 사랑이 느껴져 더불어 기분이 좋아진다. 상추가 알맞게 자랐다며 언제든 필요하면 갖다 먹으라며 처음 수확하는 상추를 챙겨 주신다. 그 후로도 상추를 종종 준비했다가 나눠 주시는 그분 덕분에 텃밭은 마을 사람들이 걸음을 멈추고 잠시 얘기를 나눌 수 있게도 해 주었고 무공해의 싱싱한 상추를 곁들인 행복한 저녁을 먹을 수 있게도 되었다.

그분이 땅을 길들이는 방법은 특별한 것은 아닌 것 같았다. 풀을 뽑고 채소를 심고 물을 아침저녁으로 주는 정도의 간단한 방법을 적용한 것 같은데 심은 채소들이 잘 자라는 것은 자투리땅의 가치를 발견한 그분의 숨은 노력의 결실일 것이다. 땅은 심은 사람의 정성과 노고로 무럭무럭 채소들을 튼실하게 키워내고 수확의 기쁨을 돌려주는 것이다. 지금은 옥수수가 한창 수염을 길게 늘어뜨리면서 속이 여물고 있다.

그런데 가꾸는 손길의 부재를 자투리땅이 알려주었다. 그분이 가꿀 때는 풀 하나 없이 깨끗하게 단장이 되어 있었지만, 어느 날부터 풀이 무성하기 시작한 것이다. 새댁에게 물었더니 어머니께서 고향으로 돌아가셨다고 한다. 봉숭아도 심어 놓아 꽃을 피우고 있는데 아마도 손자 손녀들에게 봉숭아 물을 들였던 예쁜 추억을 남겨주려던 계획도 세워져 있지 않았을까 싶다.

간혹 자투리땅이나 물건 등이 이용 가치가 없어서 버려졌다는 느낌이 들 때가 있다. 하지만 이용 가치가 없어 보여도 가꾸는 손길에 따라 가치는 매우 달라질 수 있다.

헌 가구나 자투리 나무, 낡은 옷 등을 이용하여 창의성과 독창적인 아이디어가 곁들여진 생활 소품이나 가구로 재탄생시키는 리폼의 매력에 빠진 주부들이 늘고 있다. 기성 가구의 단순함과 획일화된 디자인에서 오는 단조로움과 개성 넘치는 색상의 부재로 기존의 낡은 가구를 이용하거나 자투리 나무, 낡은 폐목이나 저렴한 목재 등을 이용하여 집안 분위기에 어울리는 프로방스나 컨츄리풍 혹은 빈티지한 느낌을 살려낸다. 이런 방법은 오래되고 낡은 느낌에서 오는 편안함과 정서적인 안정감을 주면서 부족한 수납기능까지 갖추고 인테리어 효과와 더불어 실용성까지 제공한다. 리폼을 통해 자신만의 스타일로 탈바꿈시키는 주부들의 도전은 아름답기만 하다.

버려지는 생활용품을 재활용하여 재탄생시키는 방법은 우리가 쓸모가 없다고 여기고 버려지는 것들에 대한 재활용의 가치가 무한함을 일깨운다. 물질의 풍요로움으로 인한 자원의 낭비와 재활용의 부재는 환경오염을 일으키는 데도 관여할 것이다. 자투리의 변신을 시도하여 버려지는 것도 재활용하여 새 생명을 불어넣는 주부들의 아름다운 도전에는 알뜰함을 바탕으로 가족을 진정으로 아끼는 마음이 느껴진다. 우리가 가진 것을 여러 각도에서 조망할 때 새로운 가치의 재발견은 시작될 것이다.

석굴암 가는 길

8월의 한라산은 녹음이 짙다. 몇 해 전만 해도 오름이 많이 알려지지 않았을 때의 석굴암 가는 길은 주차장에 여유 공간이 많지 않을 정도로 주말 산행을 즐기는 등산객들에게 인기 있는 산행 장소였다.

제주도에 산재해 있는 368개의 오름의 가치가 재조명되면서 수많은 오름 동호회가 생겨나고 올레의 개발로 올레꾼들이 등장하여 기호에 맞는 다양한 여가선용의 선택권이 주어지면서 등산객들을 분산시키는 작용을 한 것 같다.

한라산을 힘겹게 오르는 일보다 가볍게 다녀올 수 있는 오름이나 올레길 탐방으로 등산객들과 관광객의 관심을 돌리게 한 것이다. 그래서 오히려 여유가 생겼다. 일찍 가든 늦게 가든 여유로움 속에 조용한 산

266　　　　　　　　　　　　　　　　　　　　　　　**행복한 동행**

행을 즐길 수 있게 되었다.

　나무뿌리들이 등산객의 증가에 따라 더욱 드러나 안타까움이 들곤 하였는데 나무 계단을 보강하는 작업이 진행되고 있다. 석굴암 입구에는 나무 의자까지 놓아 지친 몸을 쉬게도 하고 도란도란 얘기도 나눌 수 있는 쉼터의 기능도 하고 있다. 등산로 정비로 인하여 나무뿌리도 보호하고 등산객들의 안전한 산행을 즐길 수 있도록 배려하고 있다.

　연어처럼 인간에게도 회귀 본능이 찾아올 때가 있다. 고향을 떠나 살다가도 고향으로 되돌아가고 싶어질 때가 있고 추억의 장소를 찾아 떠나고 싶을 때가 있다.
　산은 한여름의 찜통더위에도 아랑곳없이 시원한 바람과 그늘을 제공한다. 다양한 매미의 울음소리는 도시의 인공적인 소리와는 다른 신선함을 준다. 매미 소리는 자연스럽게 여름임을 일깨우지만 맑고 상쾌한 바람은 산만이 줄 수 있는 여름을 위한 선물처럼 느껴져 더없이 감사하다.

　비탈에 선 나무들이 비탈에 선 채로 한 생을 견디고 있는 석굴암 가는 길은 종교를 떠나서 염원이 많은 사람이 가는 길처럼 느껴진다. 우리 삶처럼 오르막과 내리막이 있고 얽히고설킨 뿌리의 모습을 통하여 삶을 뒤돌아보게 한다. 저 뿌리들이 우리에게 상처를 준 적은 없지만 우리는 알게 모르게 저 뿌리에 남아있는 상처에 관여하고 있다. 우리가 산행을 통하여 건강을 유지하고자 하는 일이나 휴식을 통하여 에너지를 재충전하기 위한 산행으로 뿌리를 드러나게 하는 데 일조를 하였을 것이다. 뿌리 깊은 나무는 바람에 쉬 흔들리지 않는다고 하지만 워낙 많은 발길이 닿음으로 산길은 황폐해지고 깊은 시름을 토해 내고 있었을 것이다.

비탈에 선 소나무 한 그루는 어느 겨울 눈의 무게를 견디지 못해 벼랑으로 쓰러져 버렸다. 지금은 비탈에선 나무 몇 그루에 간신히 큰 몸을 의지하고 있지만, 눈이 많이 오게 되면 언젠가 뿌리째 뽑혀 벼랑으로 내몰린 나무와 같은 운명을 맞이할 수도 있지 않을까 싶어 애잔함이 든다. 이미 허공으로 내몰린 뿌리들이 서로 얽히고설키어 서로를 지탱하고 있는 모습은 우리 삶의 많은 부분과도 닮았다. 산을 오르는 이 숲길에서 나무의 고통을 이해한다면 나무뿌리를 밟는 일에 대하여 조심스러워질 것이다. 깊은 흙 속에 뿌리를 묻고 한 번도 세상 밖으로 나온 적 없는 나무뿌리의 상처는 먼 나라 일처럼 여겨질 테지만 밟히고 밟히어 껍질이 벗겨진 뿌리에겐 흙 속에 파묻혀 상처를 입어보지 않은 또 다른 세상의 뿌리가 마냥 부러운 대상일 수도 있을 것이다.

언젠가 약간의 비가 오는데도 어리목을 통하여 산행을 감행한 일이 있었다. 숲길을 걷는 동안은 바람도 없고 우비도 입은 상태라 천천히

가랑비가 내리는 숲의 풍경을 감상하며 산을 오르고 있었다. 숲을 막 벗어난 평지에 도착하자마자 산행을 포기해야 했다. 숲이 없는 평지에 엄청난 위력의 강한 비바람이 몰아치고 있었기 때문이다. 비는 내리고 있었지만 평화로워 보이던 숲 밖의 세상은 무법천지마냥 거센 바람이 몰아치고 있었고 숲의 무성함이 온몸으로 막고 있었던 것이다.

무성한 숲일수록 다양한 식생이 분포하고 있다. 그 속에도 분명 살아남기 위한 경쟁이 존재하고 있다. 하지만 비바람을 막고 있는 숲에는 그 모든 것들이 무리를 짓거나 단독으로든 그 숲을 지탱하고 유지하는 데 기여하고 있다. 그래서 숲 밖의 세상에서 불어오는 풍파를 완화하거나 막는 데에 힘을 모을 수 있는 것이다.

인생의 산길에도 행복과 즐거움만이 동행하지는 않는다. 비탈에선 나무들이 견디고 있는 세상만큼 나름의 슬픔이나 고통을 견디며 더 나은 내일을 향해 가고 있는 사람이나 나무나 한 생生을 견디며 살아가고 있는 소금 길도 되고 꽃길도 되는 그런 길인 것이다.

아주 심각하게 위기에 처한 제주어

유네스코는 전 세계 6,700여 개 언어 중에서 2,473개 언어를 1단계 '취약한 언어'에서부터 2단계 분명히 위기에 처한 언어, 3단계 심하게 위기에 처한 언어, 4단계 아주 심각하게 위기에 처한 언어, 5단계 '소멸한 언어' 등으로 '사라지는 언어' 5단계로 분류하고 있다.

제주어인 경우 2010년 12월에 4단계인 '아주 심각하게 위기에 처한 언어'로 분류하였다. 이는 유네스코가 제주어의 가치를 단순한 지역 방언이 아니라 무형문화유산으로 인정했다는 의미라고 할 수 있다.

유네스코한국위원회 자료에 따르면, 소멸위기 정도에 따라 1단계인 취약한 언어인 경우 '대부분의 어린이가 언어를 사용하고 있으나 특정

공간_집에서만 사용하는 것'으로 설명하고 있다.

2단계인 분명히 위기에 처한 언어인 경우 '어린이들이 더 이상 집에서 언어를 모국어로 배우지 않는 상태', 3단계인 심하게 위기에 처한 언어인 경우 '노령인구가 언어를 사용함: 부모 세대는 언어를 이해할 수는 있으나 아이들이나 서로에게 언어를 사용하지는 않는 상태'로 설명하고 있다.

4단계인 아주 심각하게 사라질 위기에 처한 언어에 대해서는 '노령인구만이 언어를 부분적이고 드물게 사용하고 있는 상태, 5단계인 소멸한 언어는 말 그대로 '언어를 사용하는 사람이 없는 상태'로 설명하고 있다.

제주대 국어문화원이 지난 2008년부터 도민들을 대상으로 특정 어휘에 대하여 무슨 뜻인지 알고 있고, 일상생활에서도 쓰고 있는지에 대한 제주어의 생태 지수 조사 결과, 농사 어휘의 경우 90개 어휘 가운데 90% 이상 사용하는 어휘는 단 1개에 불과한 것으로 나타났다.

20대인 경우 절반 이상 모르거나 이해하지 못하는 어휘가 전체의 88.3%인 76개나 되었다. 제주 문화 관련 어휘는 90개 가운데 80% 이상 사용하는 어휘는 단 한 개도 없는 것으로 나타났다.

제주 방언으로도 불리는 제주어는 타지방과는 매우 다른 제주만의 특색이 고스란히 묻어있는데, 그것은 바다를 삶의 터전으로 살아가는 제주인들의 생활에 직접적인 영향을 주었던 바람 등의 자연현상을 자세히 살피고 이름을 붙이면서 제주만이 갖는 독자적인 언어들이 생겨난 것으로 보고 있다.

제주어가 한편에서는 표준어 사용으로 설 자리를 잃어가고 있지만, 또 다른 한편에서는 제주어 사전 편찬, 제주어 말하기 대회 개최, 제주어 교육을 위한 시범학교 지정 운영을 비롯하여 제각각인 제주어를 쉽게 이해할 수 있도록 한 제주학 총서 13호 『제주어 표기법 해설』을 발간하는 등 제주어를 보존하고 활성화하기 위한 다양한 노력도 이루어지고 있다.

유네스코 사무총장은 '세계 모어의 날' 기념 메시지에서 "언어는 단순한 도구가 아니며, 존재의 시작부터 끝까지, 세대에서 세대로, 언어는 우리와 함께하고, 우리를 위해 사용되고, 우리를 창조한다면서 가족 생활, 일, 학교, 정치, 미디어, 정의, 과학연구의 중심에 언어가 놓여있다. 종교에서도 그 위치는 핵심적"이라고 강조했다.

제주 사람들의 문화 깊숙이 살아 숨 쉬며, 기쁨과 슬픔을 나누며, 소통의 매개체로서 전승되어 온 제주어의 생명력은 세대 간 전통과 현대를 어떻게 조화롭게 연결해 가느냐에 따라 무형문화유산으로서의 생존 여부가 달려 있다.

효율적인 수자원 관리

우리 몸의 70% 이상을 차지하는 물은 1%만 부족해도 심한 갈증을 느끼게 되고, 5%가 부족할 경우에는 혼수상태에 이르며 12% 이상이 부족할 경우에는 생명의 위협을 느끼게 된다.

세계의 분쟁 원인 중 하나가 수자원이기도 하다. 수단의 다르푸르 Darfur 지역은 아랍 유목민들이 정착자인 농부들과 평화롭게 살았지만 강수가 줄어들어 가뭄이 들면서 농부들이 유목민들과 수자원을 놓고서 갈등이 싹트기 시작했고, 2003년에는 걷잡을 수 없는 살육전으로 비화되어 엄청난 잔혹사가 전개된 바 있다. 미국의 유명한 경제전문지 포춘 Fortune 에서 지구온난화와 산업화의 가속으로 21세기에는 물 산업이 석유산업을 추월하면서 최고의 성장산업이 될 것으로 전망한 바 있다.

국제인구행동연구소 PAI; Population Action International 에서 국토면적과 인구밀도, 강우량을 반영한 1인당 물 공급량에 대한 자료에 따르면 연간 1,000톤 이하인 경우는 물 기근 국가, 1인당 물 공급량이 연간 1,000~1,700톤인 국가나 지역은 물 부족 water-stressed 국가, 1,700톤 이상을 물 풍요국가라 분류하고 있는데 덴마크1,128㎥, 남아프리카 1,154㎥, 레바논1,261㎥, 체코 1,280㎥ 다음으로 한국은 1,491㎥로 물 부족국가로 분류하고 있다. 이 연구소의 자료에 의하면 싱가포르, 바레인, 쿠웨이트를 포함하여 19개국이 물 기근 국가이며, 이집트, 아이티, 리비아, 모로코, 한국, 남아프리카공화국, 폴란드 등은 물 부족국가, 일본, 영국, 미국 등 119개국은 물 풍요국가로 분류하고 있다. 한국의 경우 1993년 1인당 물 사용량이 1,470㎥이었으며 2000년은 1,488㎥이다. 2025년에는 1,258㎥로 물 사정이 어려워질 것으로 전망했다. UN은 2025년에 전 세계 국가의 1/5이 물 부족에 시달릴 것으로 예측하고 있는 것이다.

우리나라는 연 강수량이 여름철에 집중되고 있지만 1,274mm로 세계 평균인 973mm보다 많은 상태라고 한다. 강수량으로만 보았을 때는 물 부족국가로 분류되지는 않을 것이다. 또한, 2006년 세계 물 포럼에서 발표한 물 빈곤지수 WPI, World Poverty Index 를 봐도 147개국 중 43위로 상당히 양호한 편에 해당하여 물 부족국가가 아닌 것으로 보인다. 그러나 이러한 긍정적인 자료에도 불구하고 기후변화 소위원회의 기후변화 대응 미래 수자원 전략 보고서에서는 기후변화로 인하여 2060년에는

33억 톤의 심각한 물 부족 현상이 나타날 것이라는 전망을 하였다.

　전 세계에서 수십억 명 이상이 오염된 물로 인한 질병과 고통에 시달리고 있다고 한다. 한 번 오염된 물은 정화하는데 많은 시간과 비용이 있어야 한다. 정화하는 비용을 절감하기 위한 차원에서 오염된 물을 최소화하고 물 이용 효율을 높여 물 낭비를 줄이고 효율적인 물의 개발과 사용에 온 힘을 다할 필요가 있다. 1인당 물 사용량은 선진국과 비교하면 매우 높아 낭비가 심각한 실정이라고 한다.

　기후변화에 대응하고 미래의 성장산업의 원동력이 될 수 있는 우리의 생명수를 지키는 일은 개개인이 물 절약을 생활화하는 습관과 함께 국민과 공감대를 형성하는 수자원을 개발, 보존하는 방안이 필요할 것이다. 제주에서도 수자원을 효율적으로 관리하고 미래를 대비하여 풍부한 수량을 확보하는 전략을 미리 수립하여야 할 것이다.

독서의 중요성에 대하여

인생에도 우산이 필요할 때가 있고, 우비가 필요할 때가 있습니다.

비 올 때 비를 맞지 않게 해주는 우산의 고마움을 우리는 비가 오지 않을 때는 대부분 잊고 지냅니다. 독서도 그런 것이 아닐까요. 비 오는 날, 외출이 번거로워질 때, 그러나 누군가와 대화가 필요할 때, 어떤 벽에 가로막혀 앞이 보이지 않을 때, 대화다운 대화가 나누고 싶어질 때, 어둠 속을 비추는 라이트 불빛처럼 방향을 제시해 주거나 장애물을 피할 수 있게 해주는 역할을 합니다. 등대처럼 위험을 피할 수 있는 방향을 알려주거나 지혜를 빌릴 수 있습니다. 책에는 수많은 길이 있습니다.

상처받고 극복한 이야기, 사랑한 이야기, 슬픔을 지혜롭게 이겨낸 이야기. 인생의 굴곡을 헤쳐서 성공한 이야기, 고난, 역경을 극복하고 얻은 성공에 관한 이야기들은 지금 어려움을 겪고 있는 사람들에게는 희망의 메시지를 전해 줍니다. 물론 극복할 마음가짐을 갖고 있어야만 성공한 사람들이 보낸 메시지를 자기 것으로 받아들일 수 있습니다. 그런 사람은 지금 위기를 겪고 있더라도 매우 긍정적이어서 다른 사람이나 책에서의 지혜를 받아들입니다. 긍정적인 사람은 어떤 상황에서도 긍정적인 힘을 발휘하여 위기 극복하는 힘을 탁월하게 발휘합니다.

 고난에 빠진 사람이 그 상황에서 어떻게 여유를 갖고 독서를 할 수 있을까요. 그럴 때 마음의 양식으로 이미 저장되었던 책에서의 지혜를 실생활로 옮기는 지혜가 발휘됩니다. 이미 어려움을 극복하여 성공한 사람들의 지혜와 의지와 눈물겨운 역경의 체험을 자기 것으로 재발견하여 다시 일어설 수 있는 성공의 길을 책은 알려줍니다. 사람을 만날 때도 긍정적인 사람을 만나면 반드시 얻는 게 있습니다. 물론 반대의 성향을 지닌 사람을 만나면, 긍정적인 사람은 그 사람에게서 배우지 않아도 될 것과 그 사람처럼 해서는 안 되는 지혜를 스스로 발견합니다. 마음의 양식을 지닌 사람들은 다른 사람을 통해서 혹은 사물을 통해서 자신을 들여다보는 지혜의 거울을 가졌습니다. 물론 그런 노력은 하루아침에 얻어지는 것은 아닙니다.

 깨를 씻을 때 돌을 걸러내고 먼지와 기타 버려야 할 것을 버리기 위해 구멍이 있는 소쿠리가 필요합니다. 깨를 남기고 찌꺼기만 걸러낼 수 있는 적당한 구멍이 있어야 합니다. 우리 마음에도 소쿠리가 필요합니다. 물을 빼기 위한 소쿠리도 필요하고, 어느 한 곳 맑은소리를 내며 흐르는 썩지 않는 맑은 마음 한 칸 담을 소박한 그릇이 필요합니다. 너무 화려한 그릇은 그 속에 담긴 것도 매우 화려해야만 진가를 발휘합니다. 그러다 보면 욕심이 생겨날 수 있습니다. 그래서 마음속의 그릇은 소박해야 합니다. 소박한 그릇에는 어떤 것을 담아도 결코 부족하지 않습니다. 오히려 담기는 것들을 더욱 화려하고 아름답게 합니다.

'아름다움은 관찰하는 사람의 눈 속에 있다'는 그리스 속담이 있습니다. 매우 공감합니다. 소박한 그릇을 가지고 나면 그 속에 담기는 모든 것들이 화려하고 아름답게 보이며 감사하기만 합니다. 주위의 온갖 것들이 아름다움으로 빛나는 걸 발견하게 됩니다. 그러면 남을 배려하는 데 주저하지 않게 됩니다. 내 그릇을 아름답고 화려하게 빛내주는 아름다운 사람들에게 어찌 고마워하지 않을 수 있을까요.

깨가 고소한 참기름으로 탄생하기까지는 씨앗을 뿌리고 거둔 농부의 수고가 최우선입니다. 그러나 아무리 좋은 깨라 하더라도 돌을 걸러내지 않고 깨를 볶는다면 그것은 상품으로서의 가치를 제대로 발휘하지 못합니다. 오히려 어떤 맛있는 음식에 넣더라도 돌이 씹힐 것을 경계해야 하는 일이 발생합니다. 그래서 깨를 양념을 위해 볶든 참기름을 짜내기 위해 볶아내든 돌과 먼지를 깨끗이 걸러내는 작업이 신중하게 이루어져야 합니다. 그런 후에 얻어진 참기름의 맛은 음식을 더욱 돋보이게 합니다.

  책을 읽는 것은 자기의 결함을 발견하는 일이기도 합니다. 자신의 결함을 발견하고 수정하고 오류를 범할 기회를 사전에 차단하는 일이기도 합니다.
  독서는 우리의 마음 모서리를 깎는 기구입니다. 물론 깎일 마음 자세를 가져야 합니다. 지식을 많이 쌓는 것도 중요하지만 독서를 통해 모난 곳을 깎아 낼 준비가 필요합니다.
  그러면 마음의 여유가 생겨납니다. 마음의 여유가 있는 사람은 조급함을 친구로 둘 필요가 없습니다. 이해의 폭도 깊어져 너그러워집니다. 선입견을 두고 사물을 대하거나 인간관계를 흐리지 않게 됩니다. 사람마다 물건마다 제각각 나름의 성질이 있습니다.

  선입견은 때론 큰 오류를 범하게 합니다. 사람의 겉모습만 보고 저지를 수 있는 섣부른 판단을 막아줍니다. 보이는 것만이 진실은 아니다란 말처럼 겉으로 드러나는 것만 보거나 혹은 다른 사람의 입을 통해 얻은 섣부른 지식은 매우 큰 실례를 범할 수 있습니다.
  마음을 닦는 거울에 먼지가 쌓이지 않도록 닦는 연습을 게을리하지 않아야 합니다.

비싼 비용을 지불하지 않고도 세상의 아름다운 많은 곳을 알 수 있는 곳, 오랜 친분을 유지 하지 않고도 다정하게 다가가 인생의 지혜를 빌리거나 조언을 들을 수 있는 곳, 인생항로에서 나침반을 잃어버렸거나 폭풍을 만났을 때 등대처럼 길을 비추어 주는 곳, 슬럼프에 빠졌다고 여겼을 때, 나를 일으켜 세우고, 새로운 시작을 알려주는 곳, 마음 비운 곳에 세상의 아름다움과 지혜와 사랑과 새로운 동기를 부여해주는 곳을 저는 알고 있습니다. 주위의 온갖 것들이 내 스승이듯 내 인생의 지침서를 어찌 가까이에 두지 않을 수 있을까요.

봄비가 내리고 있습니다. 봄비는 기대를 갖게 합니다. 새로운 희망에 대한 기대입니다. 이 비를 맞고 새로운 시작을 준비하게 하는 봄비처럼 언젠가 읽었던 잭 캔필드의 마음을 열어주는 101가지 이야기가 새삼 친구처럼 다가옵니다. 저를 웃게 하고 슬프게 하고 기쁘게 하며 감동을 함께 나누던 책과의 만남이 이 빗속에서 찾아와 촉촉이 적십니다.

해설

아름다운 인연을 위한 존재의 깨달음
혹은 가치의 재발견

-양금희 산문집 '행복한 동행'을 읽고

김남권(시인, 문예감성 주간)

양금희 시인은 동서양의 철학자와 석학들의 지식과 사상을 두루 통찰하는 깊은 안목을 가지고 있다. 이번에 출간하는 산문집 『행복한 동행』에는 양금희가 세상을 바라보는 따뜻하지만 냉철한 사유와 비전이 솔직하고 자유롭게 녹아 있다. 동시대를 살아가고 있는 사람들의 당면한 과제를 진단하고 이를 극복하고 변화를 이끌어내기 위한 대안을 제시하며 한 사람 한 사람이 동참해 주길 간절하게 호소하고 있다. 그의 내면으로부터 '행복한 동행'에 대한 의지가 마치 시의 종자를 발견하듯 떠오르고 있는 것이다.

양금희는 월간 시문학으로 등단하고 두 권의 시집을 통해 시적 역량을 보여주고 있으며, 언론인으로 오래전부터 칼럼과 논설을 써 오며 세상과 올곧게 소통하고 있는 칼럼니스트다.

그가 이번에 그동안 써 온 논설과 칼럼을 묶어 단행본으로 출간하게 된 데는 그동안 많은 독자들과 소통하고 공감해 온 생각들을 폭넓게 확장시키고 공유하여 '행복한 동행'에 참여시키고자 하는 간절한 염원을 담고 있다.

　'달 밝은 밤에 그대는 무슨 생각하나요?'라는 글의 말미에 "제주에서도 1인가구가 점점 늘어나고 있는 상황이다. 다가오는 추석에는 홀로 있는 많은 사람들이 사랑의 의미를 되새기며 에리히 프롬의 『사랑의 기술 Art of Loving 』을 일독하기를 권한다. 사랑은 한 사람만 사랑해야만 하는 것이 아니라 세계 전체와의 관계를 결정하는 태도, 곧 성격의 방향이다. 어떤 사람이 다른 한 사람만 사랑하고 나머지에게 무관심하다면 그것은 단지 이기주의가 확대된 것일 뿐이다. 다른 사람들에게 무언가를 주면서 나의 힘, 나의 부, 나의 능력을 경험하게 되는 것이다. 힘·부·능력이 넘쳐나서 주는 것이 아니라 주기 시작할 때 이런 것들이 나에게 있다는 자각이 일어나게 되는 것이다. 그렇게 사랑이 시작되기를 빈다"고 밝히고 있다.
　굳이 에리히 프롬의 『사랑의 기술』을 언급하지 않더라도 양금희는 그런 사랑의 기술을 누구보다 가장 잘 실천하는 시인이다. 지난해 이어도문학상 대상을 수상하면서 상금 전액을 대한적십자사 제주지회에 선뜻 기부했다는 소식만으로도 주변을 놀라게 했다. 내 시에도 "한 사람만을 위한 사랑만 사랑이 아니다. 헤퍼야 사랑이다"라는 구절이 나온다. 양금희는 이번 산문집에서 사랑의 의미를 중심으로 세상을 바라보는 시선에 대해 진술하고 정직한 그의 성품을 그대로 드러내고 있다.

'중용中庸이 필요하다'에서는 현대 사회의 세대 간, 계층 간 갈등 구조와 이기적인 현상에 대한 불안정 요소를 해소하기 위한 조금 더 냉철하고 이성적인 반성과 현실적인 대안을 모색하고 있다. 정치인들은 토론이 안 되는 일방적 자기주장과 논리적 모순을 부끄러움 없이 드러내면서도 자신들의 유익을 위한 때나 불리한 입장을 모면하려할 때 국민을 끌어들여 자기 합리에 급급하고, 행정을 책임지는 공직자들은 국민을 위해 봉사하고 헌신하기보다 임명권자의 눈치 보기와 조직의 안위와 출세를 위한 줄서기에 전전긍긍하고, 교육자들은 미래세대를 길러내고 국가의 비전과 개인의 역량 발휘와 소질개발을 위한 사회의 멘토이자 스승으로서의 사명감에 몰입해야 하는데 주입식 입시제도와 계급구조를 위한 교육제도의 수호에 전력하느라 평범한 기업의 직장인으로 전락한 지 오래다.

부모들은 가난한 시대를 지나오면서 빈곤의 대물림을 끊기 위해 자식들만은 좋은 대학에 보내고 좋은 일자리에 취직하는 것을 목적으로 부부가 밤낮으로 희생한다는 명목하에 정작 자신들이 먼저 배우고 깨닫고 생각하는 일을 등한시한다. 좋은 학교에만 보내면 모든 게 이루어진다는 그릇된 교육관으로 가정교육이 방치되고 인성교육과 바른 가치관 형성이 이루어지지 않아 자식들이 성인이 되고 사회활동을 하면서 많은 갈등과 범죄와 인간성 상실의 현상들로 문제를 일으키고 있다.

양금희는 이런 문제들을 직시하며 '중용이 필요하다'에서 냉철하고 이성적인 우리 내면의 의식을 향해 차가운 일침을 가하고 있다.

"갈등하는 양쪽은 서로 양보하여야 절충점에 도달하게 되고 안정을 찾게 되는 것이다. 가정·학교·기업·국가 사이의 불안정을 해소하기 위해서는 상호 협력이 필요하다. 이성적인 판단을 바탕으로 한 지도자의 중용中庸, 행정책임자의 중용中庸, 교육자의 중용中庸, 부모의 중용中庸이 계층과 세대갈등을 봉합하고 좀 더 평화롭고 민주적인 사회로 이끌 것이다. 그리고 평정심으로 평화로운 세상을 견인하는 중요한 원동력이 될 것이다."라고.

우리나라는 세계 1위의 인터넷 강국이다. 10여 년 전부터 시작된 스마트시스템은 산업혁명 이후 100년이 넘도록 진화하지 못한 세상을 단 10년 만에 혁명을 넘어 천지개벽이라 할만한 상상 속의 일들이 현실의 체험 공간으로 들어와 우리들의 삶은 물론 의식과 사고의 흐름마저 송두리째 바꿔버렸다. 스마트폰 하나만 있으면 전화를 하고 문자를 하고 실시간 대화를 주고받고 음식을 주문하며 은행 업무를 볼 수 있고, 주식거래와 세계 각국의 사람들과 실시간 채팅이 가능하고 SNS를 통해 다양한 이야기를 주고 받을 수 있는 세상이 된 것이다. 또한 스마트폰 하나로 모든 전자기기를 원격 조정할 수 있어서 외출 후에도 집 안의 청소기를 돌리고 세탁기를 작동하고 냉난방 시설도 작동할 수 있으며 반려동물 사료를 주고 활동 모습을 실시간 영상으로 관찰할 수도 있다. 고속도로나 학교 앞뿐만아니라 골목 곳곳에 CCTV가 설치되어 있어서 사고 예방은 물론 범죄 발생 시 피의자를 특정하고 검거하는데 크게 기여하고 있다.

그러나 이런 편리한 문명의 이기도 한순간 해킹당하면 IP 카메라를 통해 은밀한 개인의 사생활이 노출되고 은행 계좌가 자신도 모르는 사이에 범죄자의 계좌로 이체되는 심각한 피해를 입기도 한다. 2021년 통계에 의하면 우리나라 사람이 하루에 CCTV에 노출되는 횟수는 평균 110회 이상이라고 한다. 범죄 예방과 국민의 안전을 위한 어쩔 수 없는 시설이라고 하더라도 개인의 사생활이 보호되지 못하고 존중받지 못한다면 문명의 이기도 결국은 누구를 위한 선택인지 고민해 봐야 할 것이다.

양금희가 '우리는 투명한 유리의 집에서 살고 있는가?'에서 강조하고 있는 내용도 결국은 이런 문제에 대한 심각한 고민을 공감하게 하는 논리적인 설득이다.

"벤담이 고안한 파놉티콘 형태의 감시시설은 일상생활까지 깊숙이 침투해 있다. CCTV인 경우 학교, 병원, 은행, 군대, 작업장, 관공서, 아파트, 찜질방을 비롯하여 소형 점포며 동네골목까지 더욱 촘촘해지고 정교해지고 있다. 대중교통수단부터 일반자동차에까지 설치된 블랙박스에도 우리의 일거수일투족이 우리도 모르는 사이 감시되고 기록되고 있는 것이다. CCTV는 범죄 예방 효과를 극대화하여 범죄 발생률을 감소시키는데 기여한 긍정적인 측면도 많다. 범죄가 발생했을 때는 범인의 행동 경로를 추적하거나 CCTV 상에 기록된 영상을 토대로 범인 검거에도 일조를 하고 있다. 도시 안전화를 위한 스마트시티가 본격화되면서 파놉티콘의 역할은 더욱 촘촘해지고 정교해지고 있다."

4차 산업혁명 시대를 온몸으로 겪고 있는 현대인들에게 5G를 넘어서 6G 시대로 접어드는 21세기 중반으로 향한 스마트 커뮤니케이션의 문화를 어떻게 효율적으로 리드하고 내실 있게 활용해야 할지 자율주행 차량이 상용화되는 이 시점에 진지한 고민을 하게 만드는 '파놉티콘'의 역할에 대한 화두를 던져 준 문장은 스마트 시대 대한민국의 현실인식을 새롭게 하는 발상이다.

'진심을 담은 말 한마디'에서 양금희는 우리는 가까운 관계일수록 불통의 시대를 살고 있는 것이 아닌지 스스로를 향한 물음과 깨달음을 던져 보고 있다. 한 번도 물어본 적 없고 한 번도 확인한 적 없는 생각이나 습관을 지레짐작으로 자기중심적으로 판단하고 강요해 온 사실은 없는지, 스마트 문명에 밀려 말이 사라지기 시작하는 시대에 우리는 어떻게 소통하고 가까운 사람일수록 어떻게 소통해야 하는지 분명한 메시지를 전달하고 있다.

"말을 하지 않아도 상대방이 내 마음을 잘 알겠지 오판하다 이혼한 부부의 일화를 옮겨본다. 30여 년을 살다가 성격 차이로 이혼한 부부는 이혼한 그날 마지막으로 식사를 하기로 하고 통닭을 시켰다. 통닭이 나오자 남편은 평소처럼 날개부위를 찢어서 아내에게 건넨다. 그러자 아내가 화를 벌컥 내면서 남편에게 '지난 30여 년 동안 너무 자기중심 적으로만 생각하더니 이혼하는 마지막 날까지 그런다'며 '내가 어떤 부위를 좋아하는지 한번이라도 물어본 적 있냐'고 쏘아붙인다. 이에 남편도 화가 나서 '날개 부위는 내가 가장 좋아하는 부위인데도 먹고 싶은 것을 꾹 참고 당신에게 준 것인데 그 마음도 몰라준다'며 자리를 박차고 나가버린다."

그다음 날 서로를 향해 사과를 하려고 전화를 해 보지만 남편은 이미 이 세상 사람이 아니더라는 이 일화는 사과를 하고 소통을 하기에는 지금이 가장 빠른 시간이고 가장 소중한 순간이라는 금과옥조 같은 교훈을 되새겨주고 있다.

양금희는 이번 산문집에서 뼛속까지 제주 사람임을 자긍심으로 삼고 있다는 것을 여러 편의 글에서 강조하고 있다. 그의 제주 사랑은 제주가 대한민국의 영토이면서 국제도시로서의 면모를 갖추고 한반도 평화 프로세스의 중심이 되고 동북아 교통의 허브가 되고 관광 한국의 전진기지가 되는 다양한 측면을 자랑스럽게 드러내는 일에 앞장서고 있는 것이다.

'세계평화의 섬 제주가 실현해야 할 적극적 평화'라는 글에서 보면, 양금희는 제주의 평화도시로서의 당위성을 "이런 측면에서 제주도가

행복한 동행

'세계평화의 섬'으로 지정된 것은 매우 의미 있는 일이라고 할 수 있다. 제주특별자치도특별법 제235조 1항에 '국가는 세계평화에 기여하고 한반도의 안전과 평화를 정착하기 위하여 제주도를 세계 평화의 섬으로 지정할 수 있다'고 규정하고 있다. 세계평화의 섬에 대한 정의는 '모든 위협요소로부터 자유 로운 상태인 적극적 의미의 평화를 실천해 나가는 일련의 사고체계와 정책 등을 포괄하는 문화적·사회적·정치적 활동체계'로써 적극적 평화의지를 표방하고 있다. 이 내용을 고려해 보면 세계평화와 한반도의 평화에 기여하는 큰 역할이 제주도에 부여된 것이라고 할 수 있을 것이다"라고 강조하고 있다.

기회 있을 때마다 신문과 방송은 물론 논문과 시를 통해서 평화도시 제주의 역사적 의미와 부속도서의 해양 주권에 관한 부분까지 오랫동안 사명감을 가지고 그 뜻을 밝혀 왔음을 쉽게 확인할 수 있다. 그리하여 양금희의 진심은 누구보다도 '평화도시 제주'에 대한 일편단심으로 우리를 감동하게 하고 있는 것이다.

양금희 시인은 평화 통일에 대한 비전뿐만아니라 환경 문제에 대해서도 남다른 관심과 철학을 가지고 있다. 지구온난화 문제에서 자유로울 수 없는 우리나라도 탄소배출이 심각한 사회문제로 인식되고 있고, 숲을 파괴하는 난개발이 나무를 심는 속도를 따라가지 못하고 있다.

이런 현상은 청정도시 제주라고 예외일 수 없다. 제주의 인구는 이십여 년 전에 비해 두 배 가까이 늘었고, 제주도 곳곳의 산림과 자연은 점점 줄어들어 해안가로는 그늘을 찾아보기 힘들 정도가 되고 말았다. 양금희는 '자연이 살아야 우리가 산다'에서 이러한 현실적인 문제에 대한 미래지향적인 시선을 보여주고 있으며, 그가 제주의 환경 문제에 대해 오랫동안 관심을 가지고 지켜보고 있다는 사실을 밝히고 있다.

"자연은 스트레스가 많은 현대인들에게 휴식을 주고, 삶을 되돌아볼 여유와 건강을 선물하는 공간으로서도 기능하고 있다. 우리 생활공간 가까이에 있는 도시숲은 인간과 자연과 동식물이 공존하는 공간으로써 미래세대에까지 그 혜택이 돌아갈 것이다.

우리나라의 산림헌장에는 '숲은 생명이 숨 쉬는 삶의 터전이다/맑은 공기와 깨끗한 물과 기름진 흙은 숲에서 얻어지고/온 생명의 활력도 건강하고 다양하고/아름다운 숲에서 비롯된다/꿈과 미래가 있는 민족만이/숲을 지키고 가꾼다'라고 되어 있다. 이런저런 이유로 도시가 점점 뜨거워지는 등 환경이 급변하고 있다. 꿈과 미래가 있는 민족으로서 함께 숲을 가꾸고, 아끼고 사랑하는 일에 다 같이 힘을 모아야 할 때인 것 같다."

세계사를 살펴보면 수많은 정치가, 사상가, 철학자들의 흔적을 찾아볼 수 있다. 양금희가 언급한 영국의 사상가 토마스 칼라일, 존 스튜어트 밀, 제레미 밴담, 데일 카네기 등은 당대를 주름잡던 의식의 선구자들이다. 이들에 대한 내면과 사상의 흐름을 꿰뚫지 않고 있다면 난관을 극복하고 위기를 기회로 삼아 세계적인 사상가로 우뚝 서는 과정에 대한 통찰을 할 수 없을 것이다. 우리는 실패의 교훈을 발판 삼아 성공한 과학자나 사상가, 인류의 멘토가 될 만한 사람들에 대해서 알고 있다. 그들이 만약 난관에 봉착했을 때 포기하고 좌절했다면 어쩌면 인류는 지금처럼 발전하지 못했을 것이다.

"큰 나무는 바람을 더 많이 받는다. 모진 비바람, 폭풍우를 이겨낸 큰 나무는 새가 둥지를 틀기도 하고, 지친 나그네가 쉬어갈 수 있는 그늘이 될 수도 있고, 방향을 알려주는 이정표가 되기도 한다. 무너졌을 때 용기와 신념으로 우뚝 오뚝이처럼 일어선 위대한 정신은 청명하고 드높은 파란 가을 하늘 같다."

인간의 회복력에 대해 도전하는 용기와 삶의 의지를 불태우는 희망의 메시지를 주는 양금희의 사상도 결국 칼라일이나 데일 카네기의 그것에 닿아 있음을 확인할 수 있다.

양금희 시인은 이어도연구회 연구위원을 지내고 이어도문학회 초대 회장을 지내면서 이어도에 대한 연구와 대내외적인 활동으로 주목받고 있다. 지난해에는 '이어도 전설과 실존의 섬' 시로 제2회 이어도문학상 대상을 수상하였으며, 김필영 문학평론가는 "양금희 시인이 이어도라는 시적 대상을 통해 전설의 섬, 이어도를 실존의 섬 이어도로 끌어냈으며, 이어도를 과거에서 현재로 이어주는 역할을 하고 있다"고 그 당위성을 설명하고 있다.

그는 이번 산문집에서도 '이어도 문화의 세계화를 위하여'라는 주제를 통해 이어도에 관한 남다른 관심과 열정을 보여주고 있으며, 본문에서 제주발전연구원 제주학연구센터에서 출간한 '이어도 문화의 계승 발전을 위한 정책연구' 보고서에서 "이어도는 제주의 어민들에게 이상향으로 알려졌지만, 문헌보다는 구전되는 내용이 많은 상황에서 이어도 문화의 원형을 정립할 필요가 있다"면서 "이어도 문화는 이어도와 관련된 사회와 사회구성원의 특유한 정신적·물질적·지적·감성적 특성의 총합"이라고 설명하고 있다고 밝히고, 이어도를 우리의 정신적 주권은 물론 실질적 주권의 존재로 분명한 의지를 천명하고 있다.

양금희는 '가장 아름다운 이름 어머니, 그리고 모성애'에서 "한 소년이 위대한 사람이 어떤 사람인지 너무도 궁금하여 위대한 사람을 찾기 위해 굳은 결심을 하고 먼 길을 떠났다. 이 마을 저 마을 위대한 사람이 있는지 물으면서 샅샅이 찾아 돌아다녔지만 아무도 위대한 사람을 모른다는 것이었다. 지친 소년이 주저앉아 쉬고 있을 때 숲에서 위대해 보이는 노인이 나타났다. 소년은 드디어 위대한 사람을 만났다고 생각하며 달려가 위대한 사람이냐고 물었다. 그러자 노인은 지금 당장 집으로 돌아가면 맨발로 뛰어오는 사람이 있을 것이고, 그 사람이 소년이 찾는 위대한 사람이라고 말하고 사라진다. 소년은 마침내 위대한 사람을 만나게 될 것이라는 기쁨 속에서 몇 날 며칠을 걸려 고향 마을에 도착하였고 마을 사람들에게 자신이 왔음을 알렸다. 그러자 저 멀리서 맨발로 뛰어오는 한 사람이 있었는데 그 사람은 바로 소년의 어머니였다"라는 사례를 인용하며, 인류가 존재하고 삶이 존재하는 이유를 남성도 여성도 아닌 제3의 위대한 성 '모성' 때문이라고 정의한다. 하느님이 세상을 다 돌볼 수 없어서 어머니를 보내셨다는 말은 어머니가 살아 있는 예수고 부처라는 말이다. 나를 낳고 기르고 가르치고 사랑이라는 가장 아름다운 영혼의 선물을 깨우쳐 주신 위대한 분이 바로 어머니이기에 양금희는 자신의 죽음과도 맞바꿀 수 있는 단 하나의 생명, 어머니에 대한 진실한 의미를 다시 일깨워 주고 있다.

모성의 연장선에서 세상의 모든 어머니는 '용서'를 가장 큰 덕목으로 사랑을 실천하고 헌신한 분이 아닐까 생각한다. 양금희는 '용서하고 또 용서하라'에서 남아프리카공화국 민주화 운동의 상징 넬슨 만델라 대통령과 그가 대통령이 당선된 뒤 진실과 화해위원회 위원장을 맡은 투투 주교와의 사례를 언급하며, 진정한 화해와 용서, 포용의 정치는 응보적 정의가 아니라 회복적 정의라는 새로운 사회를 위한 정서적 철학을 통해 이룬 남아공의 진정한 민주화를 언급한다.

"회복적 정의가 실현된 배경에는 남아공이 경제력이 부족한 상태에서 교육 문제나 주택 문제 등과 같은 긴급히 처리해야 할 문제가 산적해 있었고, 아파르트헤이트 당시의 범죄자들을 모두 처단하기에는 천문학적인 비용을 정부가 감당할 여력이 되지 않은 것과 흑백 분열을 막고 통합을 이루지 못할 경우 야기되는 국가의 분열을 막기 위해서도 회복적 정의가 필요하다고 투투 주교는 본 것이다. 범죄자들을 사면하는 일련의 과정이 범죄를 저질러도 된다는 생각을 부추길지도 모른다는 우려도 만만치 않은 상황이었다. 그러나 투투 주교는 정치지도자나 국민들이 복수나 처벌보다 용서와 아량을 베푸는 것을 선택한 데는 아프리카 특유의 전통적 사상인 '우분투 Ubuntu'의 영향이 컸다고 보았다."

이 글에서 우리가 생각할 수 있는 것은 양금희가 산문집에서 수없이 반복하고 강조하고 있는 평화와 소통, 공감과 교류에 대한 저자의 진심이 성숙하게 녹아드는 시점이라고 봐야 할 것이다.

우리가 인생을 걸어가는 동안 수많은 인연들을 만나고 헤어진다. 그 중에서 가장 큰 인연은 부모를 만나는 일일 것이다. 모든 인연의 시작이자 끝이다. 그리고 친구를 만나고 동반자를 만나고 동료들을 만난다. 양금희 '길 위에서'는 그 인연의 출발점에서 만난 친구들과 어린 시절의 추억을 거슬러 올라가고 그 인연에 기대어 살아온 기억들이 쌓여 인생이라는 갈림길에서 수없이 반복해서 선택해 온 길에 대한 운명의 의미를 화두로 던져두고 있다.

"수많은 길을 지나왔다. 선택의 갈림길에서 후회와 갈등을 겪을 때도 있다.

로버트 프로스트의 '가지 않은 길' 중 '~숲속에 두 갈래 길이 있었다/나는 사람들이 적게 간 길을 택하였다/그리고 그것 때문에 모든 것이 달라졌다고' 한 것처럼.

우리가 추구하는 목적지로 가는 과정에 있는 길이 발전을 거듭하고 있다. 이제는 비포장 길은 찾으려고 해도 찾을 수가 없다. 삶이 도시화되어갈수록 확장과 포장을 거듭하고 있다. 자동차와 기차, 비행기와 초고속 통신 시설이 시간을 단축하게 해주어도 우리의 여유는 예전만 못하다."

농업이 기반이던 70년대만 하더라도 사람이 재산이었다. 사람이 있어야 논밭을 일구고 추수를 하고 관혼상제를 치를 수 있었다. 그러나 산업화가 급속도로 진행되고 스마트화가 시스템을 이끄는 21세기에는 사람보다 컴퓨터와 기계, 돈이 사회적 재산으로 등장하면서 사람이 소모품으로 전락하는 지경에 이르렀다. 양금희의 '길 위에서'는 비포장도로를 걸어가며 길 위의 사물들과 놀이를 하던 추억들을 회상하며 우리가 과거로 돌아가 그때 가지 않은 길을 걸어간다면 지금의 길과는 다른 삶을 살아갈 수 있을까, 그렇다면 그 길은, 그 선택은 과연 행복한 순간이 될 수 있을 것인지 묻고 있다.

사람들과의 관계는 인연으로 시작된다. 그, 인연의 고리를 상대방이 풀어주는 것이 아니라 내가 풀어가는 것이다. 양금희 '우리 삶은 음악이다'라는 산문에서 친구와의 사소한 다툼을 하고 토라져 있던 마음을 좋아하는 음악을 들려주며 화해의 손길을 내민 절친의 마음을 보면서 먼저 손 내밀지 못한 부끄러움을 표현하고 있다. 우리가 인생을 살아가는 과정도 그럴 것이다. 때로는 다투기도 하고 감정이 상하기도 하고 오해도 하면서 살아가게 되지만 그럴 때 상대방 다 먼저 손을 내밀어 악수를 청하고 사과를 한다면 사회적 갈등도 정치적 갈등도 빠르게 치유될 것이다. 서로가 서로를 소중하게 여기는 마음이 변치 않는다면 화해와 소통은 즉시 이루어질 수 있기 때문이다. "흐린 날은 친구가 좋아하는 흐린 날이어서 좋았고 맑은 날은 내가 좋아하는 날이어서 더욱 좋았던 그런 과거가 부드러운 음악이 되어 추억의 뒤안길을 적신다.

걸을 땐 팔짱을 끼고 서로가 서로에게 보조를 맞추며 우리의 젊은 날은 음악의 선율처럼 그렇게 흐르고 있었다. 피아노가 전공인 그녀의 공간에는 늘 음악이 흘러 나를 매료시켰다. 그녀를 통해 음악으로 소통할 수 있는 또 다른 매력적인 세상이 있음을 발견했다.

우정, 사랑, 이웃 간의 관계 혹은 가족, 동료 등에게 마음을 나누는 다양한 방법들이 있다."

'우리 삶이 음악'인 이유는 여러 가지가 있다.

양금희는 누구보다 크고 작고 사소한 인연까지도 소중하게 여기는 사람이다. 운전을 하고 가다가 손을 들어 동행을 요구하는 아주머니와 세상 사는 이야기를 나누며 목적지까지 태워 드리고 나서도 고맙다고 연신 허리를 숙이는 어르신에게 오히려 자기 차를 타 줘서 고맙다고, 나에게 또 다른 깨달음을 주어서 살아갈 희망을 찾게 되었다고 고마워하는 사람이다.

양금희는 그런 소중한 인연들과 더불어 '행복한 동행'을 하고 싶어 한다. 산문집의 제목이기도 한 '행복한 동행'은 양금희가 평소에 신념처럼 생각하고 실천하는 덕목이자 사상에서 기인한다. 자신이 인연을 소중히 섬길 줄 모르는 사람은 절대로 행복한 동행을 하기 어렵다. 아니 행복한 동행은 꿈도 꾸지 못할 것이다.

"세상은 살아 볼 만하다. 세상은 감사할 것 천지다. 사소한 것에서 행복의 조건을 찾기 시작한다면 무궁무진하게 널려 있는 행복의 조건들을 어렵지 않게 발견할 수 있을 것이다.

힘들었던 과거를 지니지 않은 사람이 과연 얼마나 될까. 많이 가졌든 적게 가졌든, 누구에게나 고통이나 시련은 밀물이나 썰물처럼 밀려왔다 밀려간다. 파도는 잔잔할 때도 있고 폭풍을 동반하여 매우 거칠어질 때도 있지만 대부분 평온한 바다의 잔잔한 물결을 많이 보게 된다. 넓은 바다에는 수많은 사연이 작은 고깃배나 원양어선이나 여객선처럼 여러 형태로 떠다닌다. 때론 풍랑을 만나 침몰하기도 하고 구조를 받기도 하며 평탄한 항해를 한다."

고난의 시간을 보낸 사람은 다른 사람의 고통에 대한 공감지수도 높다. 그렇다고 해서 모두 마음을 내어서 크고 작은 인연들과 행복한 동행을 할 수 있는 것은 아니다. 자신의 삶에 운명처럼 새겨져 있어야 가능한 것이다. 양금희의 '행복한 동행'은 그리하여 우연조차도 인연으로 섬기며 자신의 생애를 견인하는 버팀목으로 아름다운 인생을 완성하는 것이다.

행복한 동행을 완성 시키는 본질은 결국 사랑의 힘일 것이다. 생명 있

는 모든 것들 자비롭고 애처롭게 바라보는 마음이 없다면 사랑은 우러
나오지 않는다. 이런 사랑의 정점에 모성애가 있다. 이미 양금희는 모성
을 남성 여성과 더불어 제3의 성이라고 밝힌 바 있다. 모성은 모든 사랑
의 출발점이며 종착점이다. 그 안에서 '사랑의 공식'은 완성되는 것이다.
양금희가 그걸 모를 리가 없다. 아니 누구보다 그 공식을 여러 가지 형
태로 풀어내고 있다.

"낯모르는 이에게 장기를 기증하여 새 삶을 살게 하는 힘은 이웃을
진정으로 사랑하는 힘이 나은 결과일 것이다. 또한, 낯모르는 이들에게
조건 없이 마음을 모아 전하는 기부나 이웃돕기는 우리 사회의 따뜻
한 면을 들여다볼 수 있는 사랑의 또 다른 실천 방법이다. 부성애나 모
성애를 포함한 사랑의 힘은 기적을 불러일으킨다. 꽃이나 나무에도 칭
찬을 해주면 무럭무럭 잘 자라지만 부정적인 말을 계속 들려주면 좋지
않은 결과가 나타난다고 하는 것을 보면 식물이나 동물, 인간에게 미치
는 사랑의 에너지가 매우 특별한 힘을 가졌음을 알 수 있다."

제비 둥지에서 떨어진 새끼 제비를 발견하고 둥지에 넣어주고 비행하
다가 유리창에 부딪혀 쓰러진 직박구리를 애처롭게 바라보다 겨우 정
신을 차리고 날아갈 때까지 가슴 졸이며 지켜보는 시인의 마음은 양금
희의 심상 속에 자애로운 사랑의 공식이 남아 있기 때문이다. 이런 마
음은 모든 생명 있는 것들에게 향하고 있고, 그들과 더불어 행복한 동
행의 숨결을 연결하고 있는 것이다.

양금희가 '행복한 동행'을 고집했던 이유가 밝혀졌다. 자신의 인생이 '마음의 평화를 찾아 떠나는 여행'이라는 것을 깨달은 것이다. 그러하기에 스치는 인연 하나까지도 소중하고 아름답게 여길 줄 알고 그 속에서 살아가는 의미를 깨달으며 사랑의 공식을 완성하고 궁극적으로는 마음의 평화를 찾아 의식의 경지에 이르려는 것이다. 선지식들이 면벽수도를 평생 동안 하면서 깨달아야 하는 화두를 자신의 내면을 들여다보며 끊임없이 사유하고 직관하며 깨달은 것이다.

"우리는 삶의 매우 단순하고 사소한 비밀을 놓치고 있는지 모른다. 성공을 향해 가거나 마음의 평화에 이르기 위해 시도하고 있는 수많은 수련 과정들이 특별한 수행과정을 통하지 않고서도 이루어 낼 수 있는 비밀을 놓치고 있는지 모른다. 모든 것은 과정 위에 있으며 어떤 것도 이유가 있다고 생각을 정리해 본다면 결국은 멈춘 것은 없다는 결과가 나온다. 고통도 시련도 행복도 불행도 성공도 실패도. 그렇다고 보면 모든 것은 내 마음에서 비롯된다는 단순한 비밀이 드러난다. 상대방의 허물도 내가 허물로 보았을 때 허물일 뿐이며 불행도 내가 불행으로 보았을 때 불행이라는 답이 나온다."

결국 불행과 행복도 자신이 만들어 낸 것이기에 생각하나만 바꾸면 불행도 행복을 위한 시금석이 된다는 걸 담담한 메시지로 던져주고 있다.

우리가 인생을 살아가는 이유는 태어나는 순간부터 죽는 순간까지 나는 누구이며 어디로부터 와서 어디로 가는지를 알아내고 어떻게 살

것인지를 알아가는 일이다. 그런 쉴 틈 없는 물음들 속에서 '가치의 재발견'을 하게 되는 것이다. 생애를 통틀어 이어지는 수많은 인연들과 운명적인 동행을 하고 자신의 존재 깊숙이 자리 잡고 있는 가치를 드러내어 세상에서 쓰이게 하는 것이다.

"버려지는 생활용품을 재활용하여 재탄생시키는 방법은 우리가 쓸모가 없다고 여기고 버려지는 것들에 대한 재활용의 가치가 무한함을 일깨운다. 물질의 풍요로움으로 인한 자원의 낭비와 재활용의 부재는 환경오염을 일으키는 데도 관여할 것이다. 자투리의 변신을 시도하여 버려지는 것도 재활용하여 새 생명을 불어넣는 주부들의 아름다운 도전에는 알뜰함을 바탕으로 가족을 진정으로 아끼는 마음이 느껴진다. 우리가 가진 것을 여러 각도에서 조망할 때 새로운 가치의 재발견은 시작될 것이다."

자신의 가치를 가감 없이 드러낼 때 세상 곳곳에서 빈 틈 없이 쓰이게 될 것이기 때문이다.

코로나19로 전 세계가 팬데믹 현상에 빠진 지 삼 년째 접어들고 있고, 그동안 우리들의 일상은 사람과 사람 간의 거리두기로 진짜와 가짜가 선명하게 드러나고 있다.

어느덧 가짜들에겐 바이러스를 표적으로 사람을 골라 만나도 욕을 먹지 않게 되었고, 진짜들에겐 진짜와 가짜 사이에서 줄타기를 하던 가짜를 걸러내는 좋은 핑곗거리가 되었다.

행복한 동행

행복한
동행

펴낸날 2022년 5월 12일

지은이 양금희
펴낸이 주계수 | **편집책임** 이슬기 | **꾸민이** 이슬기

펴낸곳 밥북 | **출판등록** 제 2014-000085 호
주소 서울시 마포구 양화로 59 화승리버스텔 303호
전화 02-6925-0370 | **팩스** 02-6925-0380
홈페이지 www.bobbook.co.kr | **이메일** bobbook@hanmail.net

© 양금희, 2022.
ISBN 979-11-5858-869-4 (03810)